U0019962

月光下的藏人尋

陳怡如——著
吳嘉鴻——圖

名家推薦

許建崑（東海大學中文系教授）：

這是一篇優美的生活故事，月香被送回屏東麟洛媽媽的老家，與表姊妹們和鄰居孩子，過了一個無拘無束的暑假。客家莊常見的的一花一草，如含笑、黃梔子、玉蘭花、桂花、倒地鈴，很想讓人嘗試一下鮮花浴呢。開基伯公壇的文化信仰，盤花的編排與獻祭，紀錄了鄉下醇厚的人文氣息。藏人尋，也可以稱作「掩咯雞」、「覓相揣」，童年的遊戲展現眼前，宛如世外桃源般的歡樂。全篇像首悠雅的牧歌，縈繞耳際久久難以消失。

張嘉驊（作家）：

《月光下的藏人尋》以孩子的眼光，帶我們走入一個屬於客家文化的生活世界，不論飲食、信仰、審美或遊戲，皆有所觸及。浸淫在這樣的世界裡，讀者可以用一種更富有情趣的方式來理解客家族群的風土人情，讀起來，它就像一部用少年小說的形式所寫成的「客家民俗誌」。

這部作品流露的鄉土情懷值得品味，相對來說，它的情節設計稍弱了些。在這方面，作者其實可以考慮加重「藏人尋」（躲迷藏）的隱喻，用來豐富故事的內涵，如果還能跟客家文化發展的思考結合在一起，那就更好了！

鄭淑華（國語日報總編輯）：

「藏人尋」是客語的捉迷藏。月香暑假作客外婆家，與玩伴玩起捉迷藏，迷走穿梭在客家村的曲折巷弄中，偶爾亂入而聽到大人的街巷雜談耳語。在「藏」與「尋」過程，月香挖掘到父母埋藏甚或遺忘的祕密；找尋中，也發現「月香」這個土爆名字的寓意，旁觀父母如何處理他們的情事，在這自然的靜好中體會成長。

情節之外，透過小說人物場景的描寫，也可以多識草木蟲魚，舒緩而細膩地體會高屏六堆地區客家村落古早的閑適與人情，是另一種讀趣。

目錄

1 麟洛阿婆家

暑假才剛放一星期，月香的媽媽告訴月香要送她到屏東麟洛的阿婆家住一個月，而且只有她去，姊姊要參加鋼琴發表會，得跟媽媽留在台北。月香一聽，興奮萬分，這個好消息代表——她不用上安親班；不用看見她討厭的姊姊；不用練鋼琴；不會聽到媽媽對她的嘮叨。耶，太棒了。月香立刻著手她的快樂暑期計畫，想著哪些東西一定要帶？要住一個月，最喜歡的琪琪必須跟著才行。琪琪是一只貓布偶，四歲就跟著她一起睡，一起上學，形影不離；哪些東西如果裝得下就順便帶（有時間看書嗎？《格林童話》帶著好了，以防無聊）；

到阿婆家一定要做的事（學會騎腳踏車）；還有，該編什麼理由才能跟媽媽多要一些零用錢？

總之，月香心想一定要讓今年的暑假過得很不一樣，而且要讓姊姊羨慕不已。

「妹，你過來一下。」

姊姊的喊叫聲將月香從喜悅中拉回現實。在月香耳裡，只要聽到「妹」這個字，她就預測會有衰事快要發生；姊姊只有在強迫月香做她不想做的事的時候，才會喊她一聲妹。

「幹嘛？」

月香在房間忙著整理她的行李，沒空理姊姊。

「林．月．香！」

沒錯，這才是正常叫法。

「我沒空！我在整理行李。」

月香真不想理她，但是她了解姊姊的個性，要是數到三她沒出現，姊姊肯定會大發雷霆。月香勉為其難走出房間，來到客廳。

「數・到・三！」

「媽媽要你陪我練琴，快點去坐好。」

姊姊指著沙發最左邊的位置要她坐下，因為那個位置剛好跟鋼琴成四十五度角。接著，姊姊假裝走舞台似地繞了客廳一圈，對月香敬了一個禮，之後直瞪著她。

「幹嘛瞪我？」

「林月香，你現在是演觀眾，你要拍手啊！」

月香心想：「什麼嘛，也不過才學了三年鋼琴而已，就把自己當成鋼琴家。算了，為了快點結束，拍手就拍手吧。」月香不情願地拍了拍手，姊姊這才滿意地坐到鋼琴前面，挺起胸膛，開始彈著下個禮拜鋼琴教室她要表演的曲目〈歸來吧，蘇連多〉。

彈畢，姊姊一臉期待問月香：「怎麼樣？」

「太～好聽了，蘇連多如果聽見一定馬上衝回來。」

月香不知道蘇連多到底為了什麼事要離開家鄉，但是她知道為了不再被姊姊魔音轟炸，絕對不能實話實說。不過，姊姊也不是省油的燈，「騙人！你根本沒有認真在聽。」

「你又不是我，你怎麼知道我沒有認真聽。」

「好，那你說哪裡好？哪個小節彈得最好？你如果認真聽，你一定知道哪裡好？」

「就是因為我很認真聽，所以我才沒有注意哪裡好？」

「林月香，我現在再彈一遍，你如果敢再說我彈得好，你就完蛋了！」於是，姊姊又把蘇連多給呼喚了一遍。

「怎麼樣？」

「嗯，普普通通。」

「你到底聽去哪裡啊?!這次明明比剛剛彈得更好，妳亂說！」姊姊氣得滿臉通紅。

「我又沒有說不好聽！而且是你說不能說好聽的。」實在有夠倒楣，說謊話被罵，說真話也被罵。月香不想再忍了，跑進媽媽房間告狀，「媽～，林洛好煩！」

「媽，是你叫林月香陪我練琴的，可是她都不配合。」

「噓，我在跟爸爸講電話。」媽媽拿著手機往客廳走，月香和姊姊跟了上去，一人一句搶著問，「爸，你什麼時要回來？」「記得買我上次交代的。」

媽媽掛掉電話，沉默了幾秒鐘才開口，「爸爸這個月還是沒辦法回來，他說大陸公司要出貨，他要留在那裡加班。」

「啊～，又不能回來?!」月香跟姊姊都相當失望。

「爸上次答應我，要回來聽我的鋼琴發表會的，怎麼能黃牛？」

「彈那麼難聽，難怪爸不想回來。」

「林月香，你說什麼！」

媽媽看著她們姊姊倆吵嘴，揉了揉太陽穴，說：「到底什麼時候要開學？真想趕快把你們兩個都送回學校去。」

「可是我們才剛剛放暑假耶！」

「趕快把妹妹送走。媽，我比較乖，我留在家裡陪你。」姊姊趁機抱著媽媽撒嬌。

「好啊！我贊成把我送走。媽，拜託趕快把我送到屏東阿婆家，拜託～！」

對月香來說，這個暑假應該可以得九十八分，扣掉的兩分是爸爸一個月回台灣一次的約定沒有兌現。一想到可以過一個遠離媽媽囉唆跟姊姊找麻煩的暑假，就足夠讓她開心不已。

＊＊＊

隔天早上，媽媽開車載月香南下。姊姊有鋼琴課，獨自留在台北。月香在車上突然感到有一點點不安，「媽媽，你要幫我注意，不可以讓姊姊碰我抽屜裡面那一盒新的伸縮筆，那個是爸爸送給我的。」

「你到阿婆家要聽阿婆、舅舅、舅媽的話，做一個好孩子，知道嗎？」

格林童話

「知道了，講很多次了。」月香再次叮嚀媽媽，「還有，你不可以讓姊姊把冰箱裡面的芒果果凍吃光，她每次都吃超過！」

「你在阿婆家不可以拿錢去亂買零食，知道嗎？」

「知道了，講一百次了。媽～，我講的你到底有沒有記住啊？」

「林月香，是我在交代你注意事項！」

「知道了，你講一百零一次了。」

車子一路從台北南下屏東，途中，月香睡了又醒，醒來又睡。越往南，天空越藍，白雲朵朵像盛開的花，天空藍得像一望無際的海。當月香睡眼惺忪醒來，看向車窗外，前面出現一個路標：麟洛。車子左轉，往麟洛方向前進。當月香看到鄭成功廟時，就知道麟洛到了。每年春節過年初二，跟著媽媽回麟洛娘家，她只對這座鄭成功廟有印象，周圍掛滿紅燈籠，前來拜拜的信徒將整間廟擠得水洩不通。

媽媽將車子停在巷子口的空地，月香跟著媽媽走進巷子。月香邊走邊張望，覺得客家庄這裡的巷子每條都長得好像，曲折蜿蜒的巷弄，跟台北永和的巷子一樣窄，一樣讓她時常迷路。這裡跟永和巷子不同的是，幾乎家家戶戶的門前都種有香花。

月香站在一棵含笑前面，小手捧著一朵白色的含笑花，湊著鼻子聞了聞，「好香！」

月香媽媽提著一袋行李走在前面，回頭催促月香。

「快點啊！阿婆在等我們呢，還玩?!」

月香趕緊跑了過去。媽媽邊走邊叮嚀月香，「暑假在阿婆家不能調皮，如果跟表姊吵架讓我知道了，我就叫舅舅帶你回台北。」

「我才不會跟表姊吵呢！」

「那你在家一天到晚跟姊姊吵？」

「是她先跟我吵的。」

「你要是惹阿婆和舅媽生氣，下次就別想來這裡過暑假。」

「知道啦！」

伙房庭埕曬著羊飼料。舅媽和滿芬表姊兩人蹲在庭埕曬鳳梨皮。月香媽媽和月香走進伙房外牆的大門，月香就大喊：「舅媽！滿芬姊！」

舅媽回頭，「你們來啦！」她往門內喊：「媽，秀惠她們到了。」

阿婆在屋內聞聲，從大門走出來。月香立刻跑上前，開心地拉著阿婆的手。

「阿婆！」

「唉呦，我的月妹愈來愈『蓋鬧』了。」阿婆用六堆地區的客家話稱讚她的小外孫女。

月香也回了阿婆一句客家話，「阿婆也愈來愈『蓋鬧』了。」

「學阿婆說話？」

月香調皮地笑了笑。要真是學阿婆說話，她還真是學不來。從小在台北生活，月香只會講幾句客家話，說得最標準的一句就是「漂亮」——「蓋鬧」。

「吃飽飯了沒？」

「還沒。阿婆，我想吃面帕粄。」

「面帕粄」是月香第二個說得最標準的客家詞彙，因為這是她最喜歡吃的粄條。

月香媽媽瞪了女兒一眼，覺得她沒大沒小。「媽，你要多盯著月香，她很調皮，連我都管不動。」

阿婆點頭笑了笑，牽著月香的手。「來，先進來。阿婆有做你愛吃的菜包喔。」月香跟著阿婆走進屋內。

2 藏人尋

約莫下午四點多，太陽尚未西落。張嘉明和死黨好友小胖、阿輝走在路上，每個人手上都拿著一顆菜包，邊走邊吃。嘉明張大嘴巴，咬了一大口。他的另一隻手拿著一個塑膠袋，裡面還有五顆菜包。

「你真的答應彭阿婆喔？」小胖問。

「昨天就答應了啊。彭阿婆說她台北的女兒的女兒要來我們這裡過暑假，叫我們陪她玩，每天都會有下午點心給我們吃。」嘉明說畢，又咬了一口菜包。

「那有什麼問題，我們最會玩了！」阿輝說。

小胖滿口菜包，開心地說：「好好，有得玩，又有點心吃。」

嘉明跟小胖、阿輝來到一間雜貨店，三人對著店內大喊：「廖小東！集合！」

一聽到集合號令，小東立刻從雜貨店跑出來，邊跑邊撿掉落的拖鞋。「小聲一點啦，等一下被我媽發現，會被抓回去耶！」

嘉明把裝著菜包的塑膠袋遞給小東，「那，彭阿婆請客，一人二顆。」小東拿出一顆菜包，立即張大口咬下去。「哇！彭阿婆做的菜包好好吃。」

嘉明發號施令，「你們都吃了彭阿婆的菜包，等一下要聽我的，知道嗎？」

小東嘴咬著菜包，口齒不清，「聽、聽什麼？」

「要陪阿婆的女兒的女兒一起玩啊。」嘉明從塑膠袋又拿出一顆菜包，大口吃著。

四人邊吃菜包邊往月香阿婆家的方向走。嘉明、小胖、阿輝、小東四人都是住在附近的小朋友，跟月香一樣，開學後將要升上國小四年級。他們從小一起玩到大，嘉明成績最好，也最會玩，其他三人都習慣聽令於他。由於滿芬表姊今年升國三，白天有暑期輔導，沒有太多時間陪表妹。阿婆怕月香無聊，無事可做，特地找嘉明他們當孫女的玩伴。

嘉明他們來到月香阿婆家，嬉笑打量著月香。月香神情大方，不怕生，她看著嘉明，笑了笑。「我叫林月香，你們好。」嘉明被月香這麼一看，表情靦腆低下頭，不敢直視月香，一時說不出話來，好不容易蹦出一句，「我過年好像有看過你……。」

阿婆坐在屋簷下的椅子，手拿一把竹扇在搧風，看著小朋友們聚集在一起自我介紹，討論著要玩什麼遊戲。

嘉明直愣愣地看著月香，不知要做何反應。小東問嘉明：「我們要玩什麼？」

「我們要玩什麼？」小胖也問。

「我們玩……。」嘉明抓了抓頭，「躲避球？」

「好啊！」其他三人附和。

「我不要！我最討厭躲避球了，被球打到好痛。」月香反對。阿婆搧著竹扇，老神在在地提出建議，「你們可以玩跳房子。」

「好啊。」月香同意。

「不好！跳房子都是女生在玩，很無聊耶。」嘉明搖搖頭。

「那要玩什麼？」阿輝問，「玩藏鞋子？」

嘉明和月香同時搖頭。五人圍著圈圈，你看我、我看你，一時想不出要玩什麼。蹲在庭埕曬羊飼料的滿芬表姊在一旁建議他們：「可以玩藏人尋啊。」

「什麼是藏人尋？」月香問。

「藏人尋你都不知道？吼～，藏人尋就是捉迷藏。」嘉明說。

「捉迷藏我會啊！」月香不服氣，嘀咕說：「講藏人尋我怎麼會知道。」

大家決定玩捉迷藏，他們圍成圓圈，準備點出誰來當鬼。大夥用客家話念著口訣：「點指人王，水浸馬堂，馬尾一拂，拂轉奈隻……。」

點到嘉明。

「好，我當鬼。」嘉明怕月香不明白，特別叮嚀她，「等我數完十，你要躲好，不要讓鬼抓到，抓到就輸了。」

「如果玩到最後面，我還是沒有被抓到，我是不是贏你？」

嘉明搔著頭，「怎麼可能，人怎麼可能贏過鬼？」

遊戲開始，嘉明面向伙房的牆壁，雙手和頭靠在牆壁，背對著，開始數數：「一、二、三……。」

大家立刻作鳥獸散、散開躲藏。阿輝躲進放羊飼料的大桶子裡。小胖躲在停在庭埕的小貨車的車斗。小東跑到後面，躲在後院的花叢裡。

「四、五、六……。」月香仍找不到躲藏的地點，她焦急地站在庭埕東張西望，她看了一眼阿婆，向她求助。阿婆笑了笑，手中的竹扇往左邊比了比，月香立刻往左邊跑。

嘉明繼續數著：「七、八……。」月香趕緊躲在伙房左邊角落一堆大桶子後面。「九、十！」數完，嘉明轉過身，看了看伙房的庭埕，空無一人。只有阿婆坐在屋簷下，微笑地看著他。

嘉明從庭埕走到後院，東張西望。滿芬表姊剛好經過，對嘉明笑了笑，她看向院子的花叢，對嘉明使了一個眼神。嘉明不動聲色，慢慢地往花圃走，果然看到小東躲在花叢裡。

「廖小東！你躲在那邊是要當喇叭花還是牽牛花？」

來。

「唉呦！你很奇怪耶！幹嘛先找我?!」小東生氣地從花叢走出來。

這時，躲在大桶子後面的月香聽到小東被找到了，覺得自己藏身的地方不安全，趕緊起身偷偷地跑離，往大門口方向跑去。阿婆看著月香跑出圍牆大門，舉起竹扇揮著，示意月香不要往外跑。

「月……。」

阿婆想叫住月香，這時嘉明東張西望地從後院走到庭埕。阿婆拿著竹扇猛搧風，不露神色地看著嘉明找人。嘉明找了找，沒頭緒，他看向阿婆，想從阿婆的表情中看出些提示，找出其他人藏身之處。阿婆把竹扇換成左手拿著，嘉明猜出阿婆對他的暗示，往左邊走去。

「阿輝！」

嘉明在左邊的大桶子裡面找到阿輝。

「喔！躲在這裡也會被找到！」

嘉明對著阿婆笑了笑，偷偷伸出拇指比了個「讚」的手勢。阿婆把竹扇比向正中間，大門方向。嘉明往庭埕中間走，他翻開蓋著菜乾的帆布，沒人。

猜錯提示？

阿婆神色越來越著急，拿著竹扇猛比向大門方向，示意月香跑出去了，但是嘉明只顧找人，沒明白阿婆的意思。他走向停在庭埕的小貨車，只見小胖的大屁股露出來。嘉明打了一下小胖的屁股。

「屁股露出來了啦！」

嘉明對阿婆開心笑著，又伸出拇指比了個「讚」。阿婆終於按捺不住，站起來，拿著竹扇指向大門口。

「笨嘉明，比半天你看不懂？月香跑到外面去了！」

嘉明大聲抗議，「她不知道規則喔？只能躲在院子裡面，怎麼可以跑出去？」

阿輝想了想，「我們好像忘了告訴她規則。」

其他人都找到了，只剩月香，嘉明知道月香跑到外面，便衝出大門去找她。

＊＊＊

此時，月香快步走在巷弄中，她找不到躲藏的地點，神經兮兮地走在曲折的巷弄。她怕被當鬼的嘉明找到，邊走邊回頭，越走越遠。「汪汪汪！汪汪！」一隻黑狗突然從一戶人家的大門衝出來，對著月香狂吠，月香嚇得拔腿往前跑。

嘉明走在曲折的巷子，邊走邊張望，仔細尋找月香的身影，牆角、樹下、花叢……，任何能躲藏的地方都不放過，卻是連影子都沒看到。嘉明很想大喊：「林月香出來啦，不要躲了，你犯規了！」但是他不想輕易地投降，即便月香犯規跑到外面，要是他有辦法找到她，就表明他是個絕頂厲害的鬼！「嗯，一定要把她找出來！」嘉明抱著這個信念，繼續往前走。

「噹、咚、咚……。」鄭成功廟的鐘鼓聲規律地持續著，五點了。太陽漸漸西落。三個已被鬼找到的小胖和阿輝、小東坐在屋簷下，等待嘉明把月香找到，結束這場遊戲。

「她怎麼這麼會躲？」

「跑到外面我也很能躲。」

「放心啦，嘉明一定能找到她的。」

三人對嘉明是否能找到月香都非常有信心。然而，阿婆卻面露焦急，不停地搧著竹扇，不自覺地愈搧愈快。

這時，小東的媽媽來叫人了，「都幾點了?還不回家!」小東一看見媽媽，立刻起身，「我要先回家了，不然明天休想出來。」小東向阿婆揮了揮手。「彭阿婆再見!」說完，便跑向媽媽，先行回家。

小胖和阿輝留下來繼續等。月香的舅媽從伙房大門走出來。「快吃飯了，還玩?!」

「嘉明還沒找到月香。」

小胖話才說完，只見嘉明沮喪地從大門走進來。阿婆上前詢問，「月香呢?」

「找不到她……。」

「從台北來的，這麼會躲?」舅媽對嘉明他們說，「不要玩了，回家吃飯了!」

「彭阿婆再見！水嬸再見！」

「再見！」

小胖和阿輝兩人往大門方向走，嘉明卻沒有跟他們一起離開。他這個鬼沒找到月香，他不想回家。

「滿芬！」

聽到母親的叫喊聲，滿芬表姊從屋內走出來，「快去找月妹回來啊！」表姊聽從母親吩咐，立即往伙房外快步走，邊走邊喊：「月妹，快出來！要吃飯了！」

「我也去！」嘉明向伙房外跑去，跟在滿芬表姊後面，大喊：「林月香，快出來！放牛吃草了！」

兩人走到巷子交叉口，各自分開找。嘉明往另一條巷子走，他像個古代的打更人，每走三步就喊一聲：「林月香，不要再躲了，放牛吃草了！」再走三步，「林月香，不要再躲了，放牛吃草了！」整條巷弄迴盪他的叫喊聲，「林月香，不要再躲了，放牛吃草了！」

天色漸暗，位於鄭成功廟對面的上天燈，燈已亮起。在二百多年前，尚未有電燈的時代，晚歸的村民在黑夜中容易迷路，因此豎立燈火，為在黑暗中迷途的人指引回家的路。

然而，這盞猶如海上燈塔的上天燈，卻無法指引月香找到回阿婆家的路。月香不想玩躲迷藏了，她想走回阿婆家，卻找不到路。每條巷子都長得好像，到底是哪一條？她覺得自己像是走進了迷宮，怎麼走也走不出去。她從一條巷子跑出來，站在大馬路上，不知道要往哪裡走。想問路人，又難以啟齒，要是人家知道她玩躲迷藏玩到迷路，那真的是丟臉丟大了。

月香越來越焦急、慌張，她一個轉彎，突然看見了一座墳墓，整個人愣住、嚇傻，雙腳像定住一般，動都不敢動。

「林月香！」

月香回頭，是鬼在叫她——她看見這個鬼，彷彿見到救星。

「張嘉明……。」

＊＊＊

阿婆在大廳點燃九柱香，之後走到庭埕的天公爐拜天公，拜完，再走回正廳，祭拜祖先和位於神桌下的地龍伯公。正廳神明壇的兩盞紅色的燈亮著，貼在大門的「五福紙」隨著夜風微微晃動。

「你們是怎麼玩的？玩藏人尋玩到要收驚？」舅媽在大廳訓斥了滿芬表姊，「叫你要好好照顧月妹，你照顧到哪裡去了？」

「我怎麼知道月妹會跑到外面？」滿芬表姊覺得自己很無辜，她也只是提個建議而已，誰知道月妹他們玩躲迷藏也會玩到受驚害怕。「以後不要再玩藏人尋了，月妹對這附近不熟，東躲西藏的很容易迷路。」

「知道了。」

嘉明帶月香回到阿婆家，阿婆見月香臉色慘白，就叫她先去洗澡。屋簷下，有一片瓦楞紙板蓋住一個竹篩。阿婆拿著一個小盆子，她將瓦楞紙板掀開，竹篩上面滿是曬乾的乾燥花。阿婆抓了二、三把乾燥花放進小盆子，之後走進浴室。

月香聽阿婆的話，整個人泡在浴缸，阿婆將曬乾的花朵，灑在浴缸裡。花瓣在水面飄浮著。阿婆手裡拿著一條毛巾，將洗澡水在月香的臉上擦了擦，在胸脯拍了拍，口裡念念有詞：「膽膽大，膽膽大，細人仔乖乖會大，百二歲做老公婆。」

「阿婆，為什麼要用這些花瓣洗澡？」

「這些是曬乾的盤花，都拜過伯公，伯公會保佑你，幫你去去驚，讓你晚上睡得好。」

花瓣在水面飄浮著，月香用雙手舀起帶花瓣的水。「好浪漫喔，好像我在廣告上看到的巴里島玫瑰花瓣浴耶。」她聞了聞自己的手臂，「阿婆，我可以天天用花瓣洗澡嗎？」

阿婆笑了笑，「不害怕了？」

月香搖搖頭。

「明天早上阿婆帶你一起去拜伯公，好嗎？」

「好啊！」

月香開心地洗著花瓣浴，玩著浴缸裡的花瓣，早已忘了受到驚嚇的事。

3 伯公壇

一大清早，阿婆喚醒月香跟她一起去拜伯公。「啊，那麼早？」本來月香要繼續睡懶覺的。她一起床，卻感到自己特別有精神，她相信是昨晚花瓣浴的效果。

她心裡打定今天一定要再洗一次花瓣浴，不，是天天洗。

阿婆在一個謝籃裡面放了一小袋的香、小茶壺、盤花、抹布等。月香幫阿婆提著謝籃，跟在她後面。一走出伙房，月香就瞄到嘉明躲在一個桶子後面。

「張嘉明，你躲在那裡幹嘛？還在玩藏人尋喔？」

嘉明害羞地走出來，靦腆地看著月香。嘉明跟月香你看我、我看你。「廖小東他們說下午三點可以出來，你不要忘記集合時間喔！」嘉明說完，開心地跑走。

月香看著嘉明跑離的身影。阿婆笑了笑，這時一名鄰居婦人迎面走來，跟阿婆打招呼，「早啊，要去拜伯公啊？」

「是啊。早啊。」

月香提著謝籃，跟在阿婆旁邊，兩人慢步往前走。月香深吸一口氣，清晨的空氣聞起來特別的香。走了十幾分鐘，轉了個彎，出現一棵大榕樹，樹下是一座墳墓造型的伯公壇。

阿婆走到伯公壇前，將月香手中的謝籃放在一旁。月香跟在後面，有些卻步，她看著伯公壇正中間的石碑，石碑刻著：**福德正神香座位**。

「這是柵背伯公，你昨天看見的就是柵背伯公。」

「怎麼蓋得這麼像那個……。阿婆，土地公不是應該都有一間小廟？然後裡面有一尊土地公神像。」

「伯公是土地神，只要心中有祂，即使立一塊石頭，也是伯公。」

客家人將「土地公」尊稱為「伯公」，把伯公當作是家中長輩，相信祂會護佑著整個家族，整個鄉里，而「土地公廟」也就是「伯公壇」。伯公壇有小廟、小祠、石頭等不同的形式，也有遠看像是墳墓，近看是伯公壇的「風水型伯公」，石碑上會刻有地名、福德正神香位；後方會有圓形隆起的土堆，稱為「化胎」，讓神位背後有靠山的穩重感。

阿婆拿起小茶壺，將茶水倒入擺放在香位前的三個小杯。「你要是迷路了，看見伯公壇，記得雙手拜一拜，伯公就會保佑你，知道嗎？」

「知道。」月香點點頭，看著伯公壇，不再感到害怕。她注意到石碑前供奉一個貼有漂亮的金色鋁箔小紙板，上面有女子圖案。她好奇地拿起它，問阿婆。

「阿婆，這個是什麼？」

「沒禮貌！」阿婆趕緊將月香手中的金花放回原位。「這是伯公的金花，不能亂拿。」

「伯公要金花做什麼？」

「增加祂的法力啊！」

「金花」是只有在客家廟宇神祇的祭祀品，有的人說是獻上樊梨花的法器，也有人說是讓伯公有著樊梨花的法力。

阿婆將手中的三炷香遞給月香。「來，跟伯公問好，這樣伯公就認識你了，祂會保佑你身體健康平安。」

月香和阿婆拿著香，站在伯公壇前面虔誠地祭拜伯公。「伯公您好，我是林月香，來這裡過暑假。請您要保佑我平平安安，不要再迷路了。」

拜完柵背伯公，月香提著謝籃，繼續跟著阿婆拜下一個伯公壇。阿婆不時跟迎面走來的熟識朋友打招呼，有些老伯伯、老太太跟她一樣，會在每天的早晨和黃昏到附近的伯公廟上香、奉茶和整理供桌。

沒多久，兩人走到小份巷的路口，這裡有一間伯公壇——**小份巷福德祠**。

「這是小份巷伯公。」

月香看見廟的後方種了幾棵香花。她跑過去，聞了聞花朵。「阿婆，這是什麼花？好香喔。」

「那是含笑。」

「含．笑？花怎麼會笑？」

「因為它開花的樣子，就像月香在笑啊。」

月香將一朵含笑花放在臉旁，對阿婆咧嘴笑著。「阿婆，像不像？」

「像，很像。」

「耶！我變成一朵花了。」月香的笑容更燦爛。

阿婆拿著抹布擦了擦供桌；提起小茶壺倒茶水，之後祭拜伯公。

拜完小份巷伯公，月香提著謝籃，和阿婆繼續慢步往前走。

月香看見別人門前或庭院種有香花，好奇地東聞聞李家的花，西聞聞王家的花。「這裡好好喔，每戶人家都有種花，台北都沒有。」

月香跑到一棵香花前面，聞著花苞。「阿婆，這棵是什麼花？」

「這棵是夜合，我們後院也有種一棵。晚上開花，很香喔。」

月香聞著另一棵花。「好香喔！」

「這是桂花。人家說『玉蘭有風香三里，桂花無風十里香』。」

「什麼意思？」

「意思是說，玉蘭花和桂花都有香氣，桂花即使沒有風，也能自己散發香氣；而玉蘭花的香氣要靠風才會傳得遠。這句話是鼓勵大家要努力，做不成桂花，也要做玉蘭花。」

「那我一定是桂花，姊姊是玉蘭花。我比她香！」

「呵呵，桂花不僅自己飄香，而且桂花樹越老愈會開花。」

「那我和阿婆都是桂花！會越老愈漂亮。」

阿婆開心地笑著。「你要是晚上找不到路，別慌張，記得先深呼吸聞聞花香，讓自己的心定下來，知道嗎？」

「嗯，知道。」

月香用力地深呼吸，猛力地吸氣。「阿婆，白天用力聞，也聞得到花香耶。」

拜完了小份巷伯公，祖孫倆繼續下一個目的地。阿婆邊走邊哼唱著客家歌謠〈夜合〉。「日時頭毋想開花，也沒必要開分人看，臨暗日落後山，夜色趻山風踴來，夜合佇客家人屋家庭院，恬恬打開自家介體香，河洛人沒愛夜合，嫌伊半夜正開鬼花魂……。」

阿婆唱完歌，不久，兩人走到目地的，「中央伯公到了。」

路口，車來車往。「中央福德祠」就位在三角處。阿婆走進中央福德祠，照例提著小茶壺，為供桌上的茶杯倒茶水。月香也拿著抹布，擦了擦供桌。不過，她跟著阿婆走了一大圈，有些吃不消，「阿

小吃店

婆，我們還有幾個伯公要拜啊？腳好瘦，肚子好餓喔，人家還沒有吃早餐。」

阿婆笑了笑，指著對面的鄭成功廟。「開基伯公就在鄭王廟的旁邊，等拜完開基伯公，阿婆帶你吃面帕粄。」

一聽到面帕粄，月香精神為之一振，「好啊！」

「阿婆，你們這裡怎麼那麼多土地公廟？」

「以前大家都種田，為了表示對土地神的尊敬，庄頭庄尾，田頭田尾，橋頭水尾，東南西北、中央，各地都有伯公壇。」

「這麼多……。」月香嘀咕，「怎麼拜得完嘛！」

「以前沒有路燈的時候，我們只要看到伯公壇，就知道自己所在的位置了。」

月香望著伯公的神像，感覺伯公似乎在對她微笑。拜完中央伯公，祖孫倆走到對面的開基福德祠，祭拜「開基伯公」。

阿婆雙手合十拜了拜開基伯公，她將放在內香爐和外香爐前面的各兩盤盤花放入端盤，月香聞了聞，「這些花還很香啊，不要了嗎？」

「還要呀。」阿婆邊走邊解釋，「拜過神明的盤花，將它曬一曬，可以洗澡淨身，保平安。」她端著昨天的盤花從開基福德祠走到鄭成功廟前面，將四盤盤花倒入一個竹篩。

「你昨天洗澡的花就是這些曬乾的盤花。」

月香一聽到她昨天洗澡的花瓣就是曬乾的盤花，眼睛為之一亮，看著擺放在地面，滿是花朵的竹篩，她不自覺蹲下來，雙手捧起枯萎的花朵聞了又聞。

「走了，你不是肚子餓，我們先去吃面帕粄。」阿婆在一旁催促，「吃完面帕粄，阿婆還要去廟裡做盤花，做完我們才回去。」
月香起身，跟著阿婆走到附近的粄條小吃攤。也許真的是餓昏了，月香大口吃著一碗面帕粄。阿婆看孫女吃得津津有味，夾了些自己碗中的粄條給她。
「來，阿婆吃不了這麼多，你多吃一點。」
「嗯。」月香點點頭，開心地吃著粄條。
「明天早上還要不要跟阿婆一起來拜伯公？」
「啊？明天還要拜伯公？為什麼？今天不是拜過了？」
「你每天早上起來，會不會跟爸爸媽媽問好？」
「會啊。」
「那伯公也是一樣啊。每天早晨跟伯公上個香，問聲好，也是應該的。」

「可是……，要走一大圈，好遠喔……。」月香猶豫著，一想到要那麼早起，又要走那麼多的路。「嗯……，好吧！不過，我明天還要吃面帕粄。」

「你喜歡吃，阿婆晚上再煮給你吃。」

「好啊。」月香用力點頭，繼續大口吃著面帕粄。

對她來說，面帕粄似乎比伯公來得有吸引力——還有那矖過的盤花。

4 盤花

「盤花」是高屏六堆地區客家村落的祭祀特色。早期經濟沒有那麼好，街頭巷尾也沒人在賣花，也沒有像閩南人用「束花」插在花瓶的習慣。當地客家人摘取屋前屋後所栽種的山馬茶、夜合、含笑、黃梔子、玉蘭花等鮮花，將這些鮮花疊放在圓盤裡，拿來祭拜神明和祖先。

「盤花」代表客家人敬神祭祖的誠心，也象徵客家人的節約精神。

鄭成功廟內，在東西廂房、左右偏殿、正殿等各神明的供桌上，以及在鄭成功廟管轄範圍內的伯公，每天鑾生早晚上香時，都會供奉盤花。廟方有責任守堂輪值表，由鑾生和守堂女性輪流疊盤花。

阿婆和另外二位老婦人阿桃婆、彩婆，三人坐在長桌旁做盤花。月香盯著阿婆一雙粗糙滿是皺紋的手，看著她將數種花朵如菊花、夜合、含笑、黃梔子、玉蘭花等鮮花，一朵朵按照順序和規則，先由外圍排起，往內一朵一朵，一層一層，將花堆疊在圓盤上，每個花朵都向外。

「阿婆，為什麼要把花排成這樣？買一束鮮花插在花瓶不就好了？」

「我們習慣在自家院子種花，每天摘一些花放在盤子供奉伯公和神明。只摘取花朵，這樣就不用整枝都剪下來啊。」阿婆解釋，月香明白地點點頭。

阿婆做好一盤盤花，月香直覺動作，湊上前想聞花朵的香味。阿婆把盤花拿開，制止月香聞花的舉動。

「不行，沒禮貌！不能聞供奉神明和伯公的盤花。」

「為什麼不能聞？」

「我們咬了一口的蘋果可以拿來拜神嗎？」

「不可以。」

「那就是了。」阿婆拿起一朵花，「我們吃過的東西不能拿來拜神，花也是一樣的。香花的香味是花的精華和靈魂，我們要把最好的獻給神明啊，如果自己先聞，這樣對神明就沒有敬意了。」

「喔。」

月香專注地看著阿婆她們熟練地將一朵朵的花朵堆疊起來。

「秀惠的女兒這麼大了？」

「這個是小的，要升國小四年級了。」

「感覺秀惠還在讀國小，在我們身邊轉來轉去，一轉眼，女兒也這麼大了。」

「跟秀惠長得真像。」

阿婆和阿桃婆、彩婆三人坐在長桌邊，一邊聊天，一邊做盤花。

「我記得秀惠的二個女兒都是回麟洛生的？」阿桃婆問道。

「是啊。生完，坐完月子才回台北。」阿婆微笑看向小孫女，「老大叫『林洛』。她叫『月香』，中秋節那晚出生的。」

月香聽到阿婆提到她和姊姊的名字，臉色立刻沉了下來。「林月香」這三個字對她來說是緊箍咒，一聽到就頭疼！打從她四歲就讀幼稚園，同學們喊她的名字，月香就認知到自己的名字很土。隨著年紀漸長，進入小學，她更深深認為，「月香」這名字不僅是土，而且是土到爆。班上的女同學們，每個人的名字都比她好聽，「雨軒」、「意涵」、「品範」、「立帆」……。每當她在作業簿、考卷寫下自己的名字，還有老師當著班上同學喊她的名字時，「林月香」三個字的緊箍咒再再提醒她——你的名字真的好土好土——根本不像一個班長該有的名字。

為什麼姊姊的名字就取得這麼好聽——林洛，單名一個「洛」字。她和姊姊吵架時，姊姊就故意罵她：「林月臭！越來越臭！香個屁！」

真是氣死人了！她跟爸媽提了好幾次，她要改名，爸媽都不同意。沒關係，等她長大，自己可以作主時，她一定要把這名字改掉！

阿婆完成二盤盤花，起身要將盤花拿去供奉開基伯公。月香自告奮勇，「我幫你端給開基伯公。」

阿婆笑著點點頭。「小心點。」

「嗯。」月香小心翼翼地端著兩盤盤花往外走。

嘉明正在鄭成功廟旁邊的圖書室寫功課，他看到月香端了兩盤盤花從圖書室外面經過。

月香將兩盤新鮮盤花放在開基福德祠的內香爐前面。她看著那兩盤盤花，忍不住湊上前想聞它，鼻子快靠近盤花時，她克制住自己，雙手合十拜了拜。隨後，她走到鄭成功廟外的廣場，地上放有二個竹篩，竹篩上面滿是花朵正在日曬。月香蹲在竹篩旁，從竹篩抓了好幾把花，聞了聞，然後放進口袋。

「你在幹什麼？」

嘉明出現在她身後，問道。月香神態自若，繼續從竹篩抓了好幾把花，放進口袋。「你怎麼會在這裡？」

嘉明指著旁邊的圖書室，「我來圖書室寫功課啊。你收驚還沒收好喔？」

「什麼收驚沒收好？」

「不然你拿這些花幹嘛？這些曬乾的花是拿來洗澡收驚的，我也洗過耶。」

「男生也跟人家洗花瓣浴?!」

其實月香誤會嘉明了，嘉明洗的不是「花瓣浴」，而是「收驚浴」。鄭成功廟的鑾生會把祭拜過的盤花蒐集起來，曬乾，放著當作淨身符，供信眾取用。由於經過神明加持過，信眾們拿來洗澡淨身，可以保佑平安順利。如果小孩受到驚嚇，晚上睡不安穩，大人也會拿它幫孩子泡澡淨身，達到收驚定神的效果。

昨晚阿婆就是用這些曬乾的花瓣幫月香淨身收驚。

月香不理嘉明，又抓了幾把花瓣往口袋裡塞。

「你要花瓣的話，我可以幫你蒐集喔。」

月香一聽，興奮回頭，「真的？」

「嗯。我家種很多茉莉花。」

＊＊＊

才六點多，晚飯都還沒吃，月香就迫不及待拿著換洗衣服，跑進浴室。她將浴缸放了七分滿的洗澡水，然後從口袋掏出一把又一把從鄭成功廟拿到的花瓣，將它灑在浴池。花瓣在水面散開來。月香看著飄浮在水面的花瓣，滿意地笑著。

她脫下衣服，興奮地走入浴缸，整個人泡在滿是花瓣的浴池裡。

她用雙手舀起帶花瓣的洗澡水，聞了聞，開心地潑著帶花瓣的洗澡水，邊洗邊唱歌。

「像一棵海草、海草、海草、海草，隨波飄搖；海草、海草、海草、海草、海草，浪花裡舞蹈；海草、海草、海草、海草，管它駭浪驚濤，我有我樂消遙～！人海啊，茫茫啊，隨波逐流，浮浮沉沉；人生啊，如夢啊～！親愛的你，在哪裡？」從浴室傳出月香愉悅的歌聲。她擺動身體，想像自己是大海裡的海草，隨波逐流，洗著「花瓣浴」，邊洗還不時聞了聞自己的身體，感覺整個人成了花仙子，香噴噴的。

「幸虧姊姊沒來，」月香心想，「要不然她一定搶著跟我洗花瓣浴。」

「你洗好了沒？都半小時了！」表姊在浴室外面催促月香，「洗好快出來吃晚飯了！」

「快洗好了啦！」

話是這麼說，她所謂的「快」，大概還有半小時。月香仍泡在浴缸，高興地慢慢洗著她的花瓣浴，這可比吃飯重要多了。

吃完晚飯，阿婆是第一個走進浴室洗澡的人。她看見浴缸內的排水孔塞滿了一大堆花瓣的殘渣。難不成小孫女自己會收驚？但也用不著那麼多的花瓣啊？阿婆蹲在浴缸邊，費了好大勁才把排水孔清理乾淨，讓它排水順暢。

月香坐在阿婆房間的通鋪床上，不時聞著自己的手臂，甚至抬起自己的腳，聞了聞大腿、膝蓋、小腿。這時，阿婆洗完澡，走進房間。

「阿婆，你怎麼洗這麼久？」

阿婆笑了笑，並沒有責問有關浴缸花瓣的事。月香熱絡地湊過去，拉起阿婆的手，聞了聞。「阿婆洗完澡也好香喔。」

「你看你，頭髮濕濕的也不吹乾。」

阿婆拿出一把吹風機，幫月香將頭髮吹乾。

「阿婆，你明天還是要叫我起床喔，我要跟你一起去拜伯公。記得一定要叫我喔！」

「好～。」

「我回家才發現，我們的神明桌也有兩個盤花耶，雖然比鄭王廟的小很多。阿婆，都是你做的嗎？」

「有時是你舅媽，有時是滿芬做的。」

「滿芬姊會做盤花？阿婆，那你也要教我怎麼疊盤花喔。」

「你想學？」

「嗯，盤花好漂亮。一朵一朵的，好像在盤子裡裝滿星星。」

在月香的暑期度假計畫裡，到阿婆家一定要做的事，除了學會騎腳踏車，現在又多了一項——學會疊盤花。

＊＊＊

嘉明沒有騙月香，他家真的有二棵開滿白色花朵的茉莉花。隔天下午，嘉明拿著一個乖乖桶，走到院子那棵茉莉花前面。他左手提著乖乖桶，右手不停地狂摘茉莉花，將摘下來的花朵放進乖乖桶。摘完一整棵的花，才半桶滿，他再摘第二棵，結果二棵已開花的茉莉花，全部被嘉明摘光光，一朵也不剩。

「嘉明啊，你在幹什麼?!」

嘉明的媽媽看見兒子在庭院摘花，她氣急敗壞從屋內走出來，大聲制止。

「全部的茉莉花給我拔光光?!」

「暑假作業啦！」嘉明抱著乖乖桶趕緊落跑。

「作業都還沒寫，又跑出去玩？你給我回來！」

嘉明不管母親的叫喊聲，一路狂奔到月香阿婆家，向月香繳交他的「暑假作業」。

嘉明打開乖乖桶的蓋子，月香驚呼：「哇，好多喔！」乖乖桶裡滿是白色的茉莉花。月香湊上前，深吸了一口氣，聞著桶內的花朵，「好香！」

「今天先給你這一桶，明天有開花的話，再摘給你。」

嘉明將乖乖桶交給月香，月香接過乖乖桶。「謝謝！你家的茉莉花會不會被你摘光了？」

「沒關係啦，摘光了我再去別的地方摘給你。你可以將這些茉莉花先拿去拜伯公。每次我做惡夢，或是被嚇到，我媽就會拿拜過伯公的花給我洗澡。」

「我又沒有做惡夢。」月香捧起茉莉花聞著，「你會不會唱〈茉莉花〉？」

「當然會啊！」嘉明立刻開口獻唱：「好一朵美麗的茉莉花，好一朵美麗的茉莉花，芬芳美麗滿枝椏，又香又白人人誇，讓我來將你摘下，送給別人家。茉莉花呀茉莉花～。」唱完，嘉明對著月香傻笑。

月香開心地伸出手臂，自己先聞了聞，然後將手臂伸到嘉明面前。「你聞聞看，是不是香香的？」

嘉明湊上前聞了聞月香的手，「有嗎？」嘉明沒聞到香味，於是再次用力地聞著月香的手，又聞了聞自己的手。「味道跟我的手一樣啊。」

月香嘟著嘴，「你是臭男生，怎麼會一樣，你鼻子有問題啦！」她不悅地抱著乖乖桶轉身離去。

嘉明不明白月香在生什麼氣，他又聞了聞自己的手。

「明明味道就一樣啊。」

女生的心思真的比數學還難懂，嘉明心裡這麼想。看來，嘉明今年的暑假作業難度很高。

5 暑假作業

嘉明為了向月香繳交「暑假作業」——滿滿乖乖桶的茉莉花。他一早起來便跑向院子，摘了昨晚新開的花朵。但，畢竟茉莉花生長的速度，比不上摘取的速度，花量比昨天少很多。怎麼辦呢？他想到老師教過的一句成語——「眾志成城」——同心協力，眾人的力量勝過一己之力！

「你們要把乖乖桶裝滿喔。」嘉明把一個乖乖桶交給小胖。

「一定要茉莉花嗎？」阿輝問。

「只要是香花，聞起來會香的花都可以。」解釋完畢，嘉明接著發號施令：「大家都聽明白了，那下午四點在彭阿婆家集合！」

「遵命！」

就這樣，嘉明的「暑假作業」變成了大家的作業。小胖、阿輝、小東三人拿著乖乖桶，像一隻隻採蜜的工蜂，開始忙碌地尋找散發香氣的花朵，穿梭在伙房巷弄，只要看見一株盛開的香花，就立刻撲上去。他們和蜜蜂不一樣的是，工蜂吸取花朵裡的花蜜，而他們是整朵花摘下來。

這下子，真的蜜蜂就可憐了——花朵被摘了去，真的蜜蜂就沒花蜜可採了。

到了下午四點集合時間，嘉明、小胖、阿輝、小東四隻工蜂向女王蜂獻上今日的採花成果——滿滿的二大桶，有各種類的香花，茉莉花、含笑、玫瑰、玉蘭花……。

「哇，好多喔，謝謝你們！」月香開心地接過裝滿香花的乖乖桶，「明天我可以跟你們一起去採嗎？」

「好啊。那我們下午二點一起去。」

大家繳完作業，約好明天集合時間，什麼遊戲也沒玩就各自回家了。

嘉明他們前腳一走，月香立刻抱著那二個乖乖桶跑進阿婆房間，她抓了二把香花放入口袋，之後把乖乖桶放在床鋪底下。隨後，她拿了換洗衣物就往浴室間跑去。

現在洗澡時間是她一天當中最快樂的時光。

月香心滿意足地泡在花瓣浴池，她捧起飄浮在水面的花瓣，聞著花香。「啊，新鮮花朵的花瓣浴，果然比乾燥花香多了。」這些花朵沒有經過神明和伯公的加持，一樣讓她覺得心曠神怡。

「像一棵海草、海草、海草、海草，隨波飄搖；海草、海草、海草、海草，浪花裡舞蹈；海草、海草、海草、海草，管它駭浪驚濤，我有我樂消遙～」月香又在浴室裡化身為一棵海草，把浴缸當大海，隨波飄搖，只要她高興地唱歌，沒泡半小時的澡，是不會出來的。

「你我都是這茫茫人海中，渺小不起眼的那一棵草；但誰說小人物，不可以做英雄，你我只是這茫茫人海中，不知天高地厚的那一棵草；所以不要煩惱開心就好，用力去愛用力微笑～」月香唱到一半，「咦，不對！」她突然想到一件重要的事，「暑假結束回台北，花瓣浴不就沒得洗了？台北哪裡有種香花？要去哪裡摘呢？植物園嗎？」

心中這一連串的問號，讓月香驚覺她的花瓣浴回台北之後就沒得洗了！

怎麼辦？嗯，得好好想個辦法才行。「對，就這麼辦！回台北之前，必須存滿十個，不，二十個乖乖桶才行。」

就像存她的小豬撲滿，從一年級開始就把零錢存起來，如今已經養了八隻小豬撲滿，想買自己喜歡的東西時，就不用怕爸媽不給她錢，也不用跟姊姊借錢。

「月妹，你洗好了沒？一小時了！」滿芬表姊在外面催促，「我尿好急！」

「快洗好了啦！」

月香決定明天洗澡前，要先確認每個人都吃過飯，洗過澡，上過廁所了，她再洗，因為──花瓣浴必須在沒有壓力，沒有催促聲，在最放鬆的心情下進行。

＊＊＊

隔天下午，月香跟嘉明他們一起出門採花。為了更有效率，大家分組行動。

小胖和阿輝、小東三人一組，嘉明和月香一組。

在這之前，月香幾乎沒有摘過花。以前在野外看見美麗的花，她通常只聞不摘。起初，她捨不得摘取那麼漂亮的花朵，但是一想到花瓣浴，她就狠下心來，動手跟著嘉明一朵朵把花摘下。嘉明帶她巡訪巷弄的住家，若是認識的人家，他就大大方方走進庭埕去摘花；若是不認識的，兩人就在圍牆外，摘取生長到外面的花。

有一戶人家，嘉明雖然認識，但裡面有一隻黑狗，月香不敢進去。嘉明和月香兩人站在一顆大石頭上面，攀著圍牆，摘取探出圍牆外的花。月香一手抱著乖乖桶，一手摘花。

「你的左邊那裡，有個很大朵的。」

月香的左手往左邊努力伸長，身體開始不平衡。

「夠不夠左邊？」

「再左再左，再左就到了。」

月香的左手努力往左邊伸長，幾乎快碰到花了。突然牆內一隻黑狗跑出來，「汪汪汪！」

「啊～！」

月香嚇得從大石頭跳下來，結果坐跌在地上，扭傷了腳。她顧不得腳疼，趕緊起身，拔腿就往前跑。

「小黑，坐下！小黑，不要追了！」

小黑認得嘉明，聽到他的叫喊聲，便不再追趕月香，牠回頭跑向嘉明，對他搖了搖尾巴。

滿芬表姊坐在屋前的石階，邊吃冰棒邊看小說。阿婆坐在屋簷下那張她專用的椅子，拿著竹扇搧風，看著大門方向。只見月香抱著一個乖乖桶，一拐一拐地走進伙房牆圍大門，右腳膝蓋明顯有擦傷。滿芬表姊注意到她的腳傷，趕緊放下小說，跑上前扶她。

「月妹，你的腳怎麼了？」

「跌倒弄到的。」

「我去幫你拿藥箱。」說完，滿芬表姊跑進屋內。

月香抱著乖乖桶，注意到阿婆在盯著她看。「阿婆……。」

「你們玩什麼遊戲，會把腳弄傷？」

「玩……。」

月香顯得有些心虛，「我去幫阿婆找花……，可以給您做盤花。」

表姊拿著藥箱走出來，幫月香的腳擦藥。阿婆表情慍色看著月香。月香知道阿婆在生氣，頭低低的，不敢看向阿婆。阿婆的表情轉為一貫的慈祥溫柔。「肚子餓不餓？阿婆煮了你最愛吃的面帕粄。」

月香低著頭偷看了一眼阿婆，知道阿婆還在生她的氣，只不過沒有把怒氣顯現在臉上。

嘉明就沒那麼幸運了。他一回到家，就有鄰居婦人向他母親投訴這二天嘉明把她家的花全摘光了。

嘉明媽氣得不讓嘉明進門，叫他兩手高舉乖乖桶，面向自家大廳，站在庭埕罰站。

「你是班長呢，還帶頭做壞事？」嘉明媽責罵兒子：「你喔，小心被你爸打，摘花摘到別人家。莫名其妙，男生跟人家摘什麼花？」

「暑假作業啦！」

「那花呢？怎麼沒帶回家？」

「忘記了！」

「暑假作業也敢忘記？」嘉明媽拿著一根藤條，作勢要打他，這時小胖、阿輝、小東「做完作業」，抱著乖乖桶跑到嘉明家。三人見嘉明被罰站，一時不知該做何反應，都傻愣愣地站著。嘉明媽拿起藤條指著他們手中的乖乖桶，問道：「你們的暑假作業有要交一大桶的花嗎？」

三人你看我、我看你，再偷偷瞄向嘉明，見嘉明對他們使了個眼色，他們三人有默契地點點頭。

「我要來打電話問你們學校老師，出這個什麼作業？你要是敢騙我，看我怎麼修理你！」

「啪！」的一聲響起——嘉明打死了臉上的蚊子。

***

一隻蚊子在月香耳邊嗡嗡叫，她穿著睡衣，抱著一個乖乖桶，站在房門口，膽怯地不敢進門。阿婆坐在通鋪床上，拉了拉蚊帳。「快進來啊，站在外面養蚊子？」

月香這才走了過去，帶著乖乖桶爬上床。「阿婆，你不要生氣了。」

「知道阿婆在生氣？」

「嗯，我知道阿婆生氣我去摘別人家的花。」

「對啊，如果你偷拿別人家的蘋果回來給阿婆吃，你想阿婆吃得下嗎？」

月香移動屁股往阿婆身上靠，「阿婆……。」

「一樣意思，摘別人家的花去給伯公，伯公當然也生氣，阿婆也會生氣。」

月香雙手一伸，緊緊抱著阿婆撒嬌。

「阿婆，我下次不敢了！」

「撒嬌最會。」

月香笑了笑，緊緊抱著阿婆。「我晚上要抱著阿婆睡。」

「阿婆才不讓你抱呢，熱死了，你抱你的乖乖桶。」月香抱著阿婆撒嬌，阿婆笑著。

阿婆拿出一個袋子，裡面是鄭成功廟曬乾的盤花，「你想要花，阿婆拿給你，以後不能去摘別人家的花，知道嗎？」

「知道了阿婆。」

月香對阿婆說了謊，她是為了花瓣浴去摘別人家的花，而不是為了給阿婆做盤花。阿婆心裡哪會不知道，每天浴缸排水孔都留有花瓣殘渣。阿婆疼小孫女，不想戳破她，只要她不再摘取別人家的花，就讓她每天開心地洗「收驚澡」，有何不可呢？

6 阿婆生病

月香每天早上都提著謝籃跟阿婆一起出門拜伯公，每到一個伯公壇，她熟練地拿著抹布擦供桌；提起小茶壺倒茶水；點香祭拜伯公。拜完伯公，吃完面帕粄早餐，再陪阿婆到鄭成功廟做盤花，這已成為她在麟洛的日常活動之一——另二個日常活動是下午與嘉明他們一起聚集遊玩，以及晚上個人的花瓣浴。

這三種日常活動對月香來說都很重要，她很喜歡，也很珍惜；因為這些事是「限時限地限量」的，唯有暑假期間在麟洛才能進行，一旦回台北，這些日常將變成回憶。

「你們家月妹很乖呢，」阿桃婆向阿婆誇讚月香，「每天陪你拜伯公、做盤花，不像我們家麗娟，每次問她要不要跟阿婆拜伯公？馬上溜得不見人影。」

「我們家小玫也是，整天只會玩手機，叫她跟我一起拜伯公也不肯。」彩婆說。

「我是沒手機可以玩，我媽說要等到我上國中才能用手機。」

阿桃婆和彩婆聽到月香這麼坦白，都笑了出來。

長桌上滿是各式各樣的新鮮花朵。月香拿起一朵又一朵的花，將花朵堆疊起來，認真地排盤花。偶爾，她停下來想一想不同的花朵該怎麼擺放才漂亮。阿婆一邊排自己的盤花，一邊注意月香排的盤花。

「記得，花朵要向外，排起來才會好看。」

「嗯。」

月香將盤中的花朵調整了一下，將花朵向外，並且在盤花的最上面放上一朵最漂亮又最大朵的花朵。

「月妹聰明喔，還知道盤花最上面要放最漂亮、最大朵的。」

月香得意地笑了笑。

「每天在這裡看我們排盤花，看了快一個月，學也學會了。」阿婆說。

阿桃婆問月香：「月妹啊，你這麼喜歡花，乾脆留在麟洛跟你阿婆排盤花，不要回台北了。」

「好啊！」月香撒嬌地跟阿婆說：「阿婆，我留在麟洛陪你。」

「你不回台北讀書了？」

月香想了想，雖然這裡有嘉明和小胖他們陪她玩，若是她真的轉學留在這裡念書，她的死黨好友張家琪一定很傷心難過，「那我放寒假再來陪你。」話才一說完，月香突然眼睛為之一亮，「是紫玫瑰耶！」

桌上的眾多花朵中，月香發現有四朵紫玫瑰花，她拿起一朵紫玫瑰，興奮又不可思議地看著它。「是《玻璃假面》的紫玫瑰……。」

月香最喜愛的漫畫《玻璃假面》，故事裡的男主角每次在女主角低潮時，就送束紫玫瑰給她。

月香拿起一朵紫玫瑰想聞，阿婆看了她一眼，她趕緊將紫玫瑰放回桌上。阿婆做盤花時，月香的眼睛始終盯著那四朵紫玫瑰看。阿婆注意到月香對紫玫瑰的熱愛，她將一朵紫玫瑰放在盤花最上面，排好一盤盤花。月香目不轉睛看著盤花最上面的那朵紫玫瑰。連同月香排好的那盤，已經有四盤盤花。月香很自然地將四盤盤花一盤一盤地放在一個端盤上面。「我端去給開基伯公了喔？」

「嗯，走好。」

月香端著放著四盤盤花的端盤走出廟門口，她目不轉睛盯著盤花最上面的紫玫瑰，終於忍不住將鼻子湊上前，偷聞了那朵紫玫瑰。之後，來到開基福德祠，月香將端盤放在供桌，端起兩盤盤花放在外香爐前面，雙手合十拜一拜；再端起另兩盤盤花，放在內香爐前面，雙手合十拜一拜，轉身離去。往前走了幾步，月香內疚地回頭看了一眼開基伯公的神像。

月香到鄭成功廟的廣場，一如往常走到竹篩前，竹篩上面滿是正在日曬的花朵，她蹲下來，伸手抓了兩把花放進口袋，起身走回廟裡——這是她在麟洛更重要的日常生活習慣——這兩把花是今天洗花瓣浴的分量。

阿婆站在供桌前，按照順序一盤一盤地將盤花擺放在香爐前面。

月香走到阿婆旁邊看著阿婆將盤花擺放好。

「阿婆，我寒假來，還有盤花嗎？」

「當然有啊。有些花是一年四季都開花。不過，你寒假來，夜合是看不到了，夜合夏天才開花。」

「那含笑花呢？」

「含笑看得到。含笑一年四季都開花，跟你一樣，笑口常開。」

月香聽了，開心地笑著。

「回台北會不會想阿婆？」

「會啊！我看到花就會想到阿婆。」

阿婆笑了笑，她端起一盤盤花，突然表情痛苦地一手按住胸口，手中的盤花掉落地面，花朵散落一地。月香見狀，驚慌大叫：「阿婆！阿婆！」阿婆昏倒在地，阿桃婆和彩婆聽到月香的喊叫聲，急忙跑過來。「阿婆！你醒醒！阿婆！」月香叫喊倒在地上不省人事的阿婆。

「快叫救護車！救護車！」阿桃婆喊著。

彩婆拿起手機，「撥幾號？一一〇還是一一九？」她的手不停地發抖，「怎麼撥不出去？」

「快給阿婆做CPR急救！」月香著急喊著，學校課本有教，但她不會做。

「什麼CPR？要怎麼急救？」

兩名中年男人快步跑來。一人打電話，另一人為阿婆做CPR心肺復甦術。

沒多久，傳來救護車警笛聲。一輛救護車急駛而來，停在鄭成功廟前面。兩名救護人員拿著擔架快步走進鄭成功廟，將阿婆抬到擔架上。

月香激動地哭了出來。「都是我害的……，阿婆，對不起！」

「你放心，你阿婆會沒事的。」彩婆安慰月香。

月香跟著坐上救護車，整顆心懸在半空中，比急駛在道路的救護車還著急。

＊＊＊

阿婆被送到急診室沒多久，舅舅和舅媽也趕到了醫院。經檢查，阿婆是急性心肌梗塞，必須先住進加護病房觀察，再由心臟內科醫師安排做血管支架置放手術治療。

「要不要通知秀惠？」舅媽問舅舅。

「她在台北那麼遠，先不要跟她說，免得她擔心。等媽手術完再說。」舅舅憂心地說：「我現在比較擔心媽媽年紀那麼大，如果需要開刀，我怕……。」

「別擔心，裝支架的手術應該不算大手術，媽會沒事的。」舅媽說完，自己卻忍不住紅了眼眶，「明明今天早上媽都還好好的，而且胃口很好，還要我幫她多添半碗稀飯，怎麼會這樣？」舅媽自責自己沒留意婆婆的身體狀況。

月香坐在一旁靜靜地聽著舅媽和舅舅的對話，知道阿婆沒有生命危險，她的情緒平緩許多。月香比舅媽更自責、更懊悔，她陪著阿婆拜伯公，陪她做盤花，卻都沒注意阿婆的身體狀況，而且竟然還做出「這件事」惹禍。她感到好孤單，好害怕，好希望媽媽此時此刻就在她身邊。

「月妹，乖，先跟舅媽回家。」舅媽牽起月香的手。月香把舅媽的手撥開，「不要，我留在醫院陪阿婆。」

「加護病房你又進不去，聽話，先跟我回家，明天我們再來跟舅舅換班。」月香想想有道理，便牽著舅媽的手，跟她一起離開醫院。

不知道是因為超過原本的上床時間，還是少了阿婆躺在旁邊的緣故，月香覺得今晚舅舅家的三合院伙房特別的安靜，安靜到好像聽見很遠的地方，不知哪裡傳來簌簌沙沙的聲音，像是有人踩踏在屋頂的聲音，又像誰跟誰在說話的聲音。月香越聽越害怕，趕緊把頭蒙在棉被下。

「月妹，你睡了嗎？」滿芬表姊敲了敲門，走進房間。月妹像見到救星，立刻翻開棉被，上前抱住表姊。「表姊，拜託拜託，今天晚上陪我睡好不好？」

「不用拜託，我就是來陪你的啊。」

幸好表姊知道月香一個人睡會害怕，過來陪她，要不然今晚月香鐵定張著眼睛直到天亮。

月香閉起眼睛，還是無法入睡。她轉左邊側睡，想到在醫院的阿婆不知道醒了沒有？如果醒了，阿婆的心臟還會痛嗎？轉右邊，又擔心阿婆明天的手術會順利嗎？如果不順利，會不會永遠都回不了家？該怎麼辦呢？月香內心的疑問越來越多，越想越不安。

「表姊。」

「什麼事？」

「伯公會保佑阿婆嗎？」

「一定會啊，阿婆每天都去幫伯公換盤花、敬茶，伯公不保佑阿婆，要保佑誰？」

「如果有人得罪了伯公，伯公還會保佑阿婆嗎？」

「什麼意思？有拜就有保佑啊！是誰得罪了伯公？」

「沒有啦，我是說如果，如果得罪了伯公怎麼辦？」

「事出必有因。要看是做了事惹伯公生氣？嗯……，這大概要問伯公吧，問我，我也不知道。」

表姊的話，讓月香更加確定一件事情——阿婆生病說不定真的是因為她而引起的。

***

清早七點多，月香就自行起床，她在謝籃裡面放一小袋的香、小茶壺、盤花、抹布……。她自己一個人提著謝籃，先去附近市場買了一樣東西，再依循每天跟著阿婆的路線，從柵背伯公、小份巷伯公、中央伯公，一路拜到開基伯公。

月香到達開基福德祠，立刻跪在壇前，雙手合十。她望著開基伯公的神像，眼淚落了下來，「伯公，對不起！您要罰就罰我，不要罰阿婆……，是我偷聞了花香，把花的靈魂聞走了。是我的錯，都是我不好，我求求您不要帶走阿婆的靈魂……。」

月香認為阿婆生病都是她害的，一定是她偷聞了花香，得罪了伯公，阿婆才會心臟病發。因此，她必須跟伯公道歉，請求祂的原諒。月香仰望開基伯公，看著香爐前面的那兩盤盤花。「伯公，您要罰就罰我，不要罰阿婆。伯公，我求求您，我知道錯了伯公，您一定要保佑阿婆好起來。伯公，我求求您……。」月香起身，將伯公壇已經褪色的舊金花拿起來，放上她買的新金花。「您的金花舊了，我幫您買了新的金花。這樣，您就可以法力無邊了。伯公，您要用您的法力救救阿婆啊！伯公！我求求您！」月香越說越激動，滿臉是淚趴在開基伯公壇前痛哭。

「你阿婆沒事吧？」

月香一回頭，是嘉明。

「我阿婆沒事。」她擦了擦淚水，「聽舅舅說醫生要在她的心臟裝支架。」

「沒事就好。看你哭得那麼厲害，我還以為阿婆已經……。」

「別亂說！我阿婆好好的，她會康復出院的！」月香走向鄭成功廟廣場，嘉明跟在她後面。

「你放心，伯公一定會保佑彭阿婆平安的。」

月香突然轉過身，盯著嘉明問道：「張嘉明，你……，有聞過盤花嗎？」

「沒有啊。」

「如果，我是說如果，有人偷聞了盤花的花香，伯公會懲罰這個人嗎？」

「伯公應該不會那麼小氣吧。人家說『大人有大量』，伯公是神，神的肚量更大！」

「真的嗎？」

「真的。」嘉明語氣堅定，「那個電線桿上面不是也常寫著：『神愛世人』。」

嘉明這番話給月香打了一劑「心安劑」，讓她心裡舒坦許多。

月香照例走到竹篩前面，蹲下來，抓了好幾把曬過的盤花，將它們放進一個小袋子裡。這次，這些曬過的盤花不是要給她自己洗的。等阿婆出院，她要幫阿婆洗收驚澡，用毛巾擦拭她的臉，拍拍她的胸脯，然後念著：「膽膽大，膽膽大，細人仔乖乖會大，百二歲做老公婆。」

她要幫阿婆去去驚。

7 冤家

阿婆手術過後第三天，月香媽媽帶著大女兒林洛從台北回到屏東探望阿婆，她還特地燉了營養雞湯給阿婆補身子。

「再喝一碗好不好？」

「飽了。」

阿婆的精神氣色很好，術後恢復得很快。她忍不住對月香媽媽叨念，「就跟你說我沒有事，一趟路那麼遠，不用專程下來。你一個人這樣開車實在太危險。」

「你都住院了，怎麼可能不回來？而且，我本來就想回家……。」月香媽媽話說得欲言又止，阿婆覺得奇怪，正想追問，林洛搶先一步，「阿婆，我跟你說，媽媽不只回來看你，她連大行李箱都帶回來了。」

「多話。」月香媽媽瞪了眼大女兒。

阿婆看見大孫女讓她想起月香，「奇怪，我怎麼感覺這二天都沒看見月香？她一個人在家嗎？」

「她不是一個人在家，滿芬也在家。」舅媽在一旁解釋，阿婆這才放心，「這樣就好，有伴就好。」除了關心月香，阿婆也關心有沒有人去伯公壇敬茶跟換盤花？還交代舅媽，要她轉告阿桃婆跟彩婆說她手術很成功，要她們兩人放心，「你就跟她們說，說我馬上就可以出院回家了。老人家出門都要人載，叫她們不要為了來看我，麻煩一堆人。」

「放心，大家都知道。她們怕你生氣，都沒人敢來探望你。」大家被舅媽這番話逗笑。

這時護士進來幫阿婆換藥，月香媽媽索性要林洛跟舅媽回家，「你跟舅媽先回去，今晚我留在醫院陪阿婆，也好讓舅舅跟舅媽喘口氣。」

其實，不用媽媽說，林洛早就想趕快去阿婆家。從中午到達屏東的醫院，直到現在都快傍晚了，她都還沒看到妹妹。千萬不要誤會，她一點也沒在想念林月香，她只是等不及要把她鋼琴表演獲得的獎狀展示給妹妹看，讓她羨慕，讓她知道她的姊姊彈鋼琴有多厲害。

林洛一回到阿婆家，就拿著獎狀到處找妹妹，「林月香，你在哪裡？快點給我出來！」她找了阿婆房間，沒人；找了後院，沒人；找到表姊房間，滿芬表姊正在跟同學手機傳訊聊天，「表姊，你看我的獎狀。」

「誰的獎狀？」滿芬表姊禮貌性地看了一眼獎狀。

「當然是我的呀，你看，鋼琴資優生林洛。」

「喔，厲害喔你。」表姊隨意讚美了一句，繼續低頭看手機，跟同學傳訊。林洛看出表姊的心思不在她的獎狀上，心裡頭感到小小的失落。「表姊，你知不知道我妹在哪裡？我都找不到她。」

「她應該是去拜伯公了吧，這二天她拜得很勤快，早上傍晚都去。」

「拜伯公？」

林洛心裡冒出一百個問號，才一個月不見，妹妹什麼時候對宗教信仰變得這麼虔誠？記得有次元宵節全家去台東旅行，六歲的月香看見宮廟遊行隊伍中的七爺和八爺，她還嚇到哭呢。自此，月香就不太敢走進廟宇，連進媽祖廟，看見千里眼與順風耳的神像她都會怕。

「嗯，這裡面一定有什麼蹊蹺？」林洛心想。

林洛坐在屋簷下阿婆習慣坐的那張藤椅，等著月香回來。她一手拿著獎狀，一手拿起阿婆那把竹扇，搧啊搧，等啊等。她越等越生氣，越等越愛睏，因為早上沒睡飽就被媽媽叫起床，催著回屏東。濃濃的睡意襲來，她的眼皮越來越重，獎狀也越來越重，從她的手中滑落下來。

「姊，姊～」月香推了推打瞌睡的姊姊，「你怎麼在這裡睡覺？媽媽呢？媽媽有跟你回來嗎？」

林洛睡眼惺忪地睜開眼睛，「林月香，你終於回來了。」一看到妹妹出現，她整個人清醒，「啊，對了！」差點忘了最重要的一件事，她東找西找，找不到她的獎狀。

「林月香，你竟敢踩我的獎狀?!」

那張獎狀就在月香的腳底下。月香彎身拾起，看見獎狀上面有姊姊的名字，「我還以為是包裝紙呢。」月香淡淡地說，把獎狀還給姊姊。

「你一定是故意的！」林洛用衣袖擦拭獎狀上的鞋腳印。「爸爸說，等他回台灣，看我要什麼他都會買給我。」

「喔，那恭喜你。」月香提著謝籃走進大廳。

林洛覺得妹妹的反應出奇的平淡，不對勁，這太不像平時的她。

「林月香，你做壞事了對不對?!」林洛盯著妹妹的背影問她。

月香心跳加速，「我、我哪有？」語氣軟弱，說得心虛。她心想，都闖禍了，如果再說謊，伯公會更生她的氣吧？

「沒做壞事，幹嘛突然自己一個人去拜拜？」

「阿婆生病，我是幫阿婆拜伯公，祈求伯公保佑阿婆的病趕快好起來。」

「真的嗎？」

月香低著頭緊閉嘴巴，努力不開口；不開口，就不會說謊。

姊姊像個警察似的圍在月香旁邊，盯著她左看右看，想從她的表情找出破案的蛛絲馬跡，「真．的．嗎？」

「討厭，你一直看我幹嘛，走開啦！」

「阿婆一定是被你氣到生病的。」

「你亂說！我才沒有。」

姊姊簡直是惡魔！月香的頭垂得更低了，她絕對不能跟這個惡魔眼神相對，眼淚要忍住，不然她一定會被打敗，老實說出真話。人家說女兒是爸爸上輩子的情人。神啊，上帝啊，伯公啊，為什麼爸爸上輩子要有兩個情人，為什麼不能只愛我一個就好？這樣就不會有姊姊這個冤家跟她當姊妹了。

世界末日快到了，她有預感，她一直不敢去醫院探望阿婆，就是怕看見阿婆就會跟她懺悔。萬一阿婆知道她偷聞盤花的事，本來比較疼她的阿婆大概會跟爸爸媽媽一樣，改去疼姊姊，那她就要變成世界上最沒人疼愛的小孩了。

＊＊＊

阿婆吃完睡前藥，沒一會兒就睡著了。月香媽媽躺在窗邊的看護床上，卻是一點睡意也沒。開了一天的車，又在醫院折騰了一整個下午直到晚上，真的是累了，是該睡了。她手枕著頭，滿臉疲累，卻怎麼樣也睡不著。壓在她心頭上的煩心事未解，她怎麼睡得著呢。這時，她手機的簡訊聲突然響起，是她的先生忠聖，月香爸爸傳來的，簡訊寫著：**不要故意不回我電話，你這樣，我要怎麼跟你好好談？**

月香媽媽氣得真想把手機捏碎，她忍住氣，躡手躡腳拿著手機走到廁所，以免吵醒正在熟睡的阿婆。她傳了一則簡訊給忠聖：**之前找你，你不是也不回，你有什麼資格說我，太過分了！！！！**

月香媽媽連按了四個表示她很生氣的符號（！）。不一會兒，手機鈴聲響起，是忠聖打來的。她接起電話，故意壓低聲音說，「幹嘛？」

月香爸爸沉默了幾秒鐘，之後緩緩地吐出：「我們真的沒有轉圜的餘地嗎？」月香媽媽一聽，閉起眼睛還深吸了一口氣，她口氣堅定，一字一字地說：「我累了，這幾年我跟單親媽媽有什麼兩樣？當我需要你的時候，你在哪裡？你為這個家付出什麼？結婚時，你答應我的事，你做到了嗎？你連基本的陪伴都沒辦法做到。」

對方沉默著。

十秒，二十秒過去，月香爸爸說話了：「你累，難道我不累嗎？你以為我是來大陸玩的嗎？我辛苦賺錢，不都是為了這個家？」月香媽媽冷冷笑了一笑，說：「你在大陸是認真工作還是玩女人，我怎麼知道？我只知道我不想身兼這個家的男主人，你懂嗎？」

月香媽媽很想哭，很想大聲地哭，可是不能哭，因為阿婆在睡覺，她怎麼可以在母親住院的時候讓老人家擔心她的婚姻呢？

「我媽住院，現在我在醫院照顧她，我不想再說了，我要掛了。」

「等一下……。」月香媽媽沒等月香爸爸把話說完，就把手機掛了。

她開門從廁所走出，看見阿婆早站在門外。月香媽媽嚇了一跳，「媽，你怎麼起來了？你叫我就好了啊。」

「我要喝水。」阿婆說。

月香媽媽扶著阿婆躺回病床，倒來一杯水給阿婆，阿婆卻說：「水是給你喝的，我看你講電話講那麼久。」月香媽媽猜到阿婆大概會問，她邊喝水邊想著剛剛是否講話太大聲？是不是有說出離婚兩個字呢？

「你跟忠聖發生什麼事情？」

「沒有啊，沒有事。」月香媽媽擔心阿婆知道真相，會影響她的病情，但阿婆像未卜先知，「你不要怕我會擔心，有事情就說出來。」月香媽媽藉故把水杯放回原位，怕阿婆看見她心虛的表情。

「你現在不說，我就不問。你行李不是有帶回來？先住下，慢慢再說。」

不知怎麼的，阿婆的話讓月香媽媽有了想哭的感覺，她很想跟小時候一樣，遇到難過的事，就在媽媽的懷裡哭訴。雖然她嫁了人，成了家，當了媽媽，麟洛老家仍是那座不管她遠航多遠，發生任何困難都能讓她安心回航停靠的港灣。

隔天，阿婆康復出院，月香媽媽開車載她回到家。舅舅提著月香媽媽的大行李箱走進阿婆房間，舅媽忙著招呼月香媽媽，說薄棉被都洗好了，枕頭也已放在通鋪床上，感覺更像是月香媽媽剛出院回來。

***

清晨七點多，媽媽見月香提著謝籃準備去拜伯公，想起自己也好久沒拜伯公了，每次回麟洛娘家都匆匆忙忙的，都忘了以前她在月香這年紀時，也時常陪著她的阿婆拜伯公。

「媽媽跟你一起去。」

「去哪裡？我也要去！」

林洛見媽媽和妹妹要出門，立刻跑上前。

「跟屁蟲！」

「你才是！」

「好啦，你們兩個有完沒完？連拜伯公都能吵。」

母女三人走在巷弄，不時遇見熟識的鄰居打招呼，「秀惠你回來了？」但是似乎更多人是問候月香，「月妹真乖，要去拜伯公了。」

林洛見跟妹妹打招呼的人那麼多，而且還在母親面前誇獎她，心裡頗不是滋味。更不是滋味的是月香每到一個伯公壇，她熟練地上香、奉茶和整理供桌的動作，連媽媽都稱讚她懂事了。早知道她就早點來阿婆家，林洛相信自己一定會做得比妹妹好，比妹妹更受歡迎。

在祭拜小份巷伯公壇時，媽媽看見廟後方種的那棵含笑。她走過去聞了聞，「好久沒聞到這香氣，都快忘了它的味道。」

林洛也上前聞了聞，「哇，好香。這是什麼花？」

「連這是什麼花都不知道？」月香得意地說，「這是含笑啦，笨蛋。」

「你們兩個都是在麟洛出生的。媽媽還記得月香出生那天，晚上十點多，這傢伙就急著要從媽媽肚子裡出來。我痛得不得了，都快昏過去了，這時我突然聞到淡淡的花香，香氣讓我鎮定下來，慢慢地深呼吸，有規律地一吐一吸、一吐一吸。後來你舅舅跑到附近派出所請警察幫忙，才順利把我送到醫院生產。」

「林月香，你上輩子一定是小偷，犯了法，所以才會坐警車投胎到我們家。」

「你才是小偷！」

「別聽你姊姊亂說，她逗你的。當你爸爸問我要幫你取什麼名字時，我就立刻想到『月香』——中秋月圓，夜裡的花香。」

聽媽媽這麼一說，月香腦中蹦出好幾個名字——林含笑？林夜合？林茉莉？林桂花？——幸好，她的名字都不是取這些花名。月香很高興原來她的名字「月香」有它的由來，不是爸媽隨便取的。

拜完小份巷伯公，母女三人繼續往前行，月香媽媽看見路旁攀附在鐵絲網上的植物，眼睛為之一亮，「是倒地鈴。」

倒地鈴的果實一顆顆膨脹如氣囊，形似鈴鐺又像燈籠。月香媽媽在眾多綠色果實中尋覓顏色呈深褐色的，她摘下一個，將它剝開，裡面有三顆黑色種子，中間都有白色的心形圖案。

「哇，好可愛，是一顆心耶。」林洛興奮叫道。

月香拿起一顆種子看了看，「有嗎？看起來像猴子的臉啊。」

「自己是猴子，看什麼都像猴子。」

「你才是猴子！」

兩姊妹又吵了起來，但媽媽沒理會她們，她神情黯然地凝視手中的倒地鈴種子，紅了眼眶。她想起一個曾經熱戀她的情人，送她一整瓶倒地鈴的心形種子示愛，她感動地把整顆心交給了他，與他結為連理，如今兩人卻成了冤家。

8 月光下的藏人尋

這天下午，月香媽媽要陪阿婆到醫院複診。出門前，她跟在大廳寫功課的林洛特別交代：「媽媽不在，要好好照顧妹妹。她數學不會你要教她，知道嗎？」

「知道了。」

之後，媽媽叮嚀月香，「媽媽不在，姊姊最大，要乖乖聽姊姊的話，知道嗎？」

「知道了。」

囑咐完兩姊妹，媽媽這才放心出門。然而，媽媽前腳才剛走沒多久，姊姊林洛就闔上作業，「不寫了！」

「可是媽媽說沒寫完不能離開椅子。」

「可是媽媽說，媽媽不在我最大，你要聽我的話。」

「那我們不寫功課要做什麼？」

「我們不是不寫功課，我們是先寫日記那一個！」

「日記？那個不是都是晚上睡覺前在寫的。」

「林月香，如果我們都一直坐這裡，那晚上的日記要寫什麼？」

月香想了想，「嗯，媽媽帶阿婆到醫院給醫生檢查，我跟姊姊乖乖待在家裡寫暑假作業。晚上的時候，看電視還有吃飯，過了愉快的一天。」

「是——好．無．聊的一天！」

月香覺得有道理，昨天的日記跟前天的日記，寫的內容好像都差不多。自從阿婆生病出院之後，她除了出門去拜伯公，幾乎整天都不敢亂跑，也不敢找嘉明他們玩。不，應該說自從姊姊來到麟洛之後，一下不准她這樣，一下不准她那樣——是她讓日記內容變無聊的。

「那要怎樣變不無聊？」

「先去做有趣的事情，這樣日記才知道要寫什麼，對不對？」

對。月香像是得到放牛吃草的批准，立刻放下作業，跑去找她在麟洛最好的好朋友，大家一起來寫好玩的日記。

＊＊＊

阿婆到醫院看診完，坐在等候區拿藥時，月香媽媽問坐在一旁的阿婆，「你有沒有想去哪裡？反正都出來了。」

「去哪裡？」阿婆反問。

「看你有沒有什麼廟啊，想去拜拜，我可以載你去。」阿婆想著，「應該拜的都拜了，哪有那麼多廟要拜。」

「不然，我載你去找阿彩婆她們聊天。」

「我們每天見，有話說到沒話。」

月香媽媽被逗笑。

「是說，我還真的有一個地方很想去。」

離開醫院，月香媽媽依著阿婆的指示，把車開到了一個地點。

「我還以為你要去看什麼風景呢？」

原來阿婆要月香媽媽載她到菜市場。

「我很久沒來這裡了，現在買菜的都是阿華。」

阿華是月香的舅媽。雖然有一陣子沒來菜市場了，阿婆還記得水果攤再過去那裡有一攤是專賣苦瓜絲瓜的菜攤，菜販是個跟阿婆差不多年紀的老婦人。以前阿婆每次買每次誇，說她賣的菜是真正熟成才摘下，剛剛好完熟，不用加鹽、不用加香就很好吃，是假不來的好滋味。

阿婆領著月香媽媽往菜攤走，「看你想吃什麼，盡量說，我煮給你吃。」

***

張嘉明、小胖、小東、阿輝四個，加上月香和林洛，總共六人。大家在阿婆家的庭埕玩跳繩，玩完跳繩又玩躲避球。躲避球玩沒五分鐘，林洛被球打到，就說好痛，不玩了，改玩別的。之後玩「紅綠燈」，跑到大家上氣不接下氣，林洛又率先投降，說不玩了。

這時，月香媽媽和阿婆回到家，月香和林洛心虛地不敢看向媽媽。「功課做完了？」媽媽問。

兩姊妹第一次有默契地點點頭。

「就讓她們去玩吧，我們到廚房煮我們的。」阿婆笑了笑說。月香媽媽提著一袋子的菜跟著阿婆走進屋，也就不再多說什麼。

六人圍一圈討論接下來要玩什麼？小胖最先發表意見，「我們這次可不可以玩新的，像那種，一邊玩一邊吃的那種。」

「不要！玩大胃王，那我們大家一定都輸你。」小東反對。

小胖笑得一臉無辜，摸摸肚子，「呵呵，那不然，玩躺著不要動，這樣不用跑來跑去，每次都跑好累喔。」

這次換阿輝反對，「不要！上次玩裝死，你才死沒有二分鐘就偷放屁。」

「好臭喔！」小東附和。

月香跟姊姊一聽到放屁兩字，摀著鼻子，本能後退好幾步。

「沒有！我現在又還沒放！」小胖大聲抗議。

「你想玩什麼？」張嘉明眼睛看向月香。

他早就想好——月香玩什麼，他就玩什麼。

「我想玩藏人尋。」

「好！那就玩藏人尋。」

月香才說出答案，嘉明馬上宣布結果。大家立刻往中間靠，準備剪刀石頭布，只有林洛沒靠過去。

「什麼是藏人尋？」林洛問。

「藏人尋就是躲迷藏啦！」月香解釋。

大家猜拳決定誰當鬼，結果又是嘉明當鬼。「只能躲在伙房範圍，不能跑出大門。」嘉明解釋遊戲規則，還特別對月香叮嚀，「你要遵守規定，不然，你跑到火車站，誰找得到?!」

「鬼才找得到。」小胖笑說。

「真鬼才找得到。」小東附和。

月香當然沒有忘記上次她躲到迷路的糗事。「上次我是第一次玩，這次我知道了嘛。」

嘉明面向伙房的牆壁，雙手和頭靠在牆壁數著，「一、二、三……。」

大家立刻作鳥獸散，各自找尋躲藏的地點。月香跑進滿芬表姊的房間，林洛跟在她後面，一溜煙就鑽進床底下。月香也要躲進去，林洛把她推開。

「你走開啦！」

「是我先進來！」

「是我先鑽進來的！你快走啦！想害我們都被找到嗎?!」

又這樣，以大欺小，只有姊姊讓妹妹的，哪有人家妹妹要讓姊姊的。月香雖然心裡不甘心，但礙於時間緊迫，她聽見嘉明大聲數著：「六～，七～，八～，躲好了沒？」她不想跟姊姊爭了，趕緊往另一個方向跑，另覓藏身之所。

「九～，十！」

嘉明轉過身，看了看伙房的庭埕，空無一人。

阿婆在廚房把切大段的苦瓜放進福菜鍋裡，月香媽媽雖然從小就吃媽媽這道拿手菜，但她始終不明白，「人家苦瓜不是都加鳳梨煮，我都沒看過加福菜的。」

「我沒有這樣煮，你小時候怎麼肯吃苦瓜。」

月香媽媽一聽，想起從前的趣事，「記得以前我國中帶便當，每次打開便當，同學就圍過來看，笑我便當怎麼裝了滿滿的苦瓜?!」

阿婆笑著，「福菜煮苦瓜這道菜是我們家專有的。」她將瓦斯關小火，「走走走，我們去房間等。夏天的廚房熱得像一顆發燒的太陽。」阿婆將女兒推出廚房，兩人往房間方向走。

此時，當鬼的嘉明找得心急如焚，如火煮的苦瓜，他心想：「這次絕對要破當鬼的紀錄，在最短的時間抓到所有的人。」

他先從後院找起，沒人。奇怪?剛數數的時候，感覺後面有聲音，竟然沒人躲在這裡。找到大廳，拜拜的供桌底下，沒人；椅子底下，沒人；大門後邊，也沒人。

「還是房間涼快。」

阿婆坐在大通鋪拿著她的竹扇搧啊搧，月香媽媽大口喝著水，喝畢，也倒了杯水給阿婆。阿婆拍拍通鋪，要月香媽媽坐過去。

「你愛吃苦瓜煮福菜，我記得忠聖愛吃梅乾菜燉肉。」
「而且都會在飯上面淋肉湯。」
「他很久沒來吃飯了，現在還一樣嗎？」
「誰知道，我們也很久沒有在一起好好吃過一頓飯了。」
「反正現在暑假，這裡有滿芬還有其他小孩，月妹和林洛留在這裡有伴，你不用擔心。你乾脆去大陸找忠聖，去住個二個禮拜也好。」
「我沒有心情。」
「為什麼沒心情？」
「你生病我沒有心情。」
「我都出院了，病都好了，你不用擔心。夫妻一直分開兩邊住，這樣不好。」

月香媽媽猶豫該不該跟阿婆說出她的真實想法，如果照實說，阿婆能理解她嗎？會生氣嗎？

阿婆早已猜到他們夫妻倆的婚姻出了些問題，因為連著兩年過年初二，月香爸爸都沒有跟著她們一起回鱗洛。

「你們吵架？」阿婆問。

「他都在大陸，怎麼吵？」

「不是說二個月回來一次？」

「他已經信用破產了！三四個月不回來是正常的。我現在像個單親媽媽，這個家有他沒他都沒差。」月香媽媽越說越氣。

「錢呢？有沒有照時間寄回來？」

「有啦，公司會直接匯到我的戶口。可是……，我在乎的又不是錢。」

「也對，人比錢重要。」

「這次更過分，我跟他說，你這個月再不回來，我就……。」

這時，嘉明在房門口探頭進來，月香媽媽和阿婆兩人有默契地打住話題。

「在找什麼嗎？」月香媽媽問。

嘉明偷瞄了一眼阿婆，想從她的表情得到些許暗示。阿婆搖了搖頭，表示沒人躲在屋內，嘉明失望地轉身離開。月香媽媽確定嘉明已走遠才繼續開口，「我跟他說，他這個月再不回來，我就跟他離婚，他竟然又放我鴿子，說什麼公司有急事。我看他根本故意！」

「故意什麼？」

「故意氣我啊！故意把我們母女三個留在台灣，他自己留在大陸逍遙。」

「錢不是都在你那裡？他要怎麼逍遙？」

「不管，他根本已經不在乎我的感受。我這次一定要跟他離婚。」月香媽媽不小心說出離婚兩字，她怯怯地問，「我若是離婚，你會不會生氣？」

「問我?!你應該問你兩個女兒吧。」阿婆起身下床，「菜燉好了，走，先吃飯，肚子飽，人就不會亂想。」

阿婆一走進廚房，就看見嘉明打開櫥櫃，探頭探腦的，「阿婆，我在找小胖。」

「他那麼大一隻，哪躲得進去？」阿婆關上櫥櫃的門，「小胖不用找，用喊的比較快。」阿婆喊，「小胖，吃飯了～！」

果不其然，小胖一聽見吃飯，馬上現身。他就躲在一堆裝著米的米袋中間。

小胖拿掉套在頭上的舊米袋，氣呼呼地說：「張嘉明，我躲在這裡，你都沒看到喔～」

「你那麼胖，跟這堆米一樣胖，誰看得到啊。」嘉明開玩笑地把米袋又套回小胖頭上。

「敢說，害我一直躲一直餓，又不能出來。」小胖口水都快流出來。

「亂講，害你的是阿婆的滷肉，不是我。」

阿婆一聽，開心地笑著，她告訴嘉明：「去叫大家都不要躲了，都來吃飯。」

「遵命！」嘉明跑到庭埕，大聲喊：「放牛吃草～！大家快點出來，集合吃飯了！」

聽到放牛吃草，小東、阿輝跟林洛一個一個跳出來。阿婆數人頭，發現少了月香。

「她一定又躲到迷路了啦。」小東說。

月香這次沒有迷路，她躲藏在阿婆房間的衣櫥，不小心聽見了媽媽和阿婆的對話，得知爸媽有可能離婚，難過地哭著。

嘉明在庭埕大聲喊著：「林月香，放牛吃草了，不要再躲了！」「林月香！你還不趕快給我出來！別在那裡耍大牌了！」林洛到各個房間叫喊。

月香聽見嘉明和姊姊的呼喊聲，但是她想一個人靜靜地藏在衣櫃裡，不想出去——她希望大家永遠都不要找到她。要是這個衣櫥能像《納尼亞傳奇》裡面那個魔幻衣櫥就好了，帶她到另一個時空，另一個世界。因為一旦她打開衣櫥的門，回到真實的世界，就得面對爸媽的分離。

「林月香，我數到三！你再不出來，看我以後還理不理你。一～，二～，三！」

數到三，妹妹竟然還是不出來，這讓林洛感到相當驚訝，也感到相當失落，難道是她的威望已不在？

「你先去吃飯，我去找你妹。」媽媽牽著林洛走回廚房。

阿婆似乎已猜到月香躲在哪裡。她走進房間，隱約聽到衣櫥傳來啜泣聲，她打開衣櫥，只見月香整個身體蜷縮成一團，窩在衣櫥內。

月香一見到阿婆，便上前抱住她。

「阿婆……。」

「我就知道你躲在這裡，都放牛吃草了，還不想出來？」

「不想。」月香搖搖頭，「阿婆，你怎麼知道我在這裡？」

「你衣櫥的門沒關緊，阿婆當然知道你躲在這裡。」

「阿婆，是真的嗎？媽媽真的會跟爸爸離婚嗎？」

「大人的事情讓大人去煩惱，你只要乖乖的就好，知道嗎？」

「不太知道。」

「你媽媽只是跟你爸爸吵架，心情不好，跟阿婆訴訴苦。她在說氣話，你別當真。」阿婆擦去月香臉上的淚水，「答應阿婆，別去問媽媽，知道嗎？」

「為什麼？」

「因為越煩惱的事情越要靜靜想，才會想得明白啊。」

「嗯，我會把聽到的先藏在肚子裡，不去問媽媽。」

祕密不能說出去，那把祕密寫在日記總可以吧？不過，不能寫在暑假日記，只能寫在私人的日記，只寫給自己看。啊，都是姊姊害的，她寧願她的日記內容很無聊，每天睡覺吃飯看電視，也不想寫這麼勁爆的內容。

把聽到的祕密吞到肚子裡，不告訴任何人，連姊姊也不能說，也不能讓媽媽發現她知道——這真的是件很痛苦的事。

9 七夕

伙房內散發陣陣的麻油雞的香氣。今天是農曆七月七日，七夕，牛郎織女一年一度相會於鵲橋的日子。月香的媽媽和阿婆、舅媽從中午開始就在廚房忙著煮麻油雞、油飯、芋糖……，準備祭拜七娘姑的祭品。

七夕這天是七娘姑的誕辰。在傳統民間習俗，七娘姑是孩子的保護神，因此每逢七夕就會祭拜七娘姑，為家中的孩子向七娘姑乞巧——期望在孩子的成長過程能夠平安順利、聰明靈巧，就像七娘姑一樣手巧，有好才藝。

現今由於工商社會、小家庭的建立，以及少子化等原因，已經很少有長輩替小孩拜七娘姑了，但是阿婆仍堅持為孫女們張羅祭拜儀式。滿芬表姊出生週歲，就認七娘姑為乾娘，做七娘的義女。每逢七夕這天，滿芬表姊就跟著阿婆一起拜七娘姑。

月香聽到下午要拜七娘姑，覺得很新鮮。在台北，她只知道七夕是中國情人節，去年她還收到愛慕她的小男生送給她一盒巧克力，讓她高興了老半天，因為姊姊沒有收到情人節禮物。

傍晚，約莫下午五點多，大廳門外的庭埕，擺設了一張大桌子。阿婆拿了二個盤子給月香。「月妹，你去後院摘一些花，等下拜七娘姑。」

「好！」

「我也要摘！」林洛想從月香手中搶過一個盤子，月香死抓著不放，「阿婆叫我，又不是叫你！你又不會做盤花。」

「誰說我不會？」

兩姊妹又吵了起來，逼得媽媽從廚房走出來，「一人一個盤子，不准再吵。再吵，惹得七娘姑生氣，讓你們頭腦變笨，我可不管。」

月香不情願地給姊姊一個盤子，扁著嘴逕自走到屋後的院子，摘取不同的花朵到盤子，有幾次她習慣性地想湊上鼻子聞聞花香，都忍住了。

媽媽和舅媽忙進忙出的，陸續端著七碗麻油雞，七碗油飯，金紙……等，放在擺在庭埕的大桌上。阿婆將月香和林洛兩姊妹摘來的兩盤花堆疊成盤花，放在桌上。月香站著一旁看著擺在供桌的七碗麻油雞、七碗油飯、水果、蠟燭、盤花、七色紙、香爐。桌子前面的小板凳放了一個裝了半滿水的臉盆，裡面擺放一條全新的毛巾。

「阿婆，為什麼麻油雞和油飯要準備七碗？」

「因為有七位仙姑來照顧你們啊，所以雞酒和炒飯乾要準備七個碗，七雙筷子，讓七位仙女都能享用到。」阿婆指著放在桌前的臉盆和毛巾，「還要準備清水和毛巾，讓七娘姑能擦臉清潔，之後再上粉挽面。」

滿芬表姊拿著一面圓鏡子走過來。

「連鏡子都拿來拜？」

「那是要給七娘姑照的。」

月香好奇地從表姊手中拿過那面圓鏡子，照了照自己的臉。表姊開玩笑說：「照了，會看到你的牛郎喔。」

月香半信半疑看著鏡子，鏡子裡突然出現一張臉。

「你在看什麼？」嘉明問。

月香頓時感到尷尬又有點害羞，趕忙把鏡子放下。「你來做什麼？」

「我家也有拜盤花，你要不要？」

月香怕阿婆聽到，小聲回他：「當然要啊，這還用問？」這時傳來嘉明媽媽的叫喊聲：「嘉明，快回來拜拜了！還跑去哪？」

「拜完再來找你！」

嘉明趕緊跑離。月香仍拿著鏡子，看著鏡中的自己靦腆傻笑，林洛從她背後搶走那面鏡子，「我也要照。」

林洛也想看看她的牛郎長什麼模樣，只見鏡中出現妹妹的一張鬼臉。

「醜八怪醜八怪！」月香故意在一旁鬧她。

「林．月．香！」林洛氣極敗壞拿起鏡子作勢要打她，「你真的很討人厭耶！」月香躲開來，「醜八怪醜八怪！林洛會嫁一個醜八怪！」

「你再亂說！」

林洛拿著鏡子追打月香，兩姊妹在庭埕繞圈圈。

媽媽將供桌上的兩根紅蠟燭點燃。「好了，別鬧了！你們兩個都給我過來，開始拜拜了。」

祭品準備齊全後，舅媽叫大家一起過來拜拜。每個人都拿著香，開始祭拜七娘姑。阿婆嘴裡念念有詞：「祈求七娘姑眷顧保佑我的三個孫女彭滿芬、林洛、林月香，讓孩子的身體健康，增長她們的智慧，讓她們能聰明靈巧，會讀書，有好才藝，長大後都有好姻緣……。」

舅媽和媽媽在金爐旁先燒著七色紙。最後燒完壽金，整個祭拜儀式完畢，大家雙手合十拜一拜。

阿婆交代滿芬表姊：「滿妹，將這些盤花全部灑到屋頂。」

「好。」表姊端起盤花，走到屋簷下，她抓起一把花朵灑到屋頂。

「阿婆，為什麼要把花灑到屋頂？不是要曬乾嗎？」月香見表姊將盤花灑到屋頂，覺得實在是浪費了這些花（拿來泡澡不是更好）。

「拜過七娘姑的盤花要灑到屋頂，象徵天女散花啊。」

「我也要灑！」

林洛跑到表姊旁邊，抓起一把花，灑向屋頂。

「我也要！」

月香也跑向滿芬表姊，抓起一把又一把花朵，用力灑到屋頂。花瓣在空中緩緩飄著，散開來——哇，原來飄在空中的花朵，比飄浮在水面的花瓣更美麗。

新喜
春暖花開迎新春

* * *

入夜，月香吵著要看牛郎織女星，於是媽媽開車載著兩姊妹到較少光害的麟洛濕地公園附近觀星。

月香仰望璀璨的星空，認真地想找出今晚的男女主角——牛郎星和織女星。媽媽指著東半邊一顆閃亮的星星，「最亮的那顆就是織女星了，然後……。」媽媽指著銀河的另一邊，「那顆就是牛郎星。」

在夏夜東半邊的夜空，很容易就找到三顆排列成三角形，稱為「夏季大三角」的亮星，偏西北方最亮的就是**織女星**；偏東南方次亮的就是**牛郎星**；另一顆位居東北方的是**天津四**。這三顆星星是夏季星空中最明顯易見的一等星。

「今天牛郎跟織女會在鵲橋相會，好浪漫喔！」林洛說。

月香不以為然，「哪有浪漫？是很可憐吧，一年才能見一次面。」

「說不定就是因為他們一年見一次面，才可以天長地久啊，如果天天住在一起，早就吵到變怨偶了。」

林洛擁有雙魚座的浪漫性格，不像妹妹月香，風象天秤座一枚，不解風情，難怪兩人不對盤。月香一想到媽媽跟爸爸兩人分隔台灣海峽兩岸，一年見沒幾次面，如今不也吵到快離婚了。她很想反駁姊姊，但是話到了喉嚨又吞了回去。

如果天天住在一起，會吵得更凶嗎？月香媽媽在心裡頭想著大女兒剛才說的話。相隔兩地，感情就這麼禁不起考驗嗎？為何她和先生的距離，讓她感覺台灣海峽比銀河還遙遠。

「為什麼玉皇大帝要讓牛郎和織女分開？明明是一家人……。」

「林月香，這是神話故事好嗎？」

「是誰編出這麼殘忍的故事？為什麼不讓他們一家團圓？」月香實在不喜歡牛郎織女的故事，尤其是她看見牛郎星旁邊那兩顆較小的星星——河鼓一與河鼓三——聽說是牛郎和織女的一雙兒女。為什麼祂們的兩個孩子不是跟著織女？萬一爸媽離婚，她和姊姊是不是也必須跟著爸爸到大陸？

「媽，你小時候也拜過七娘姑嗎？」月香問。

「當然呀，阿婆每年七夕這天都會帶著媽媽拜七娘姑，一直到我滿十六歲。」

「那……，你那時候有在鏡子裡看見爸爸嗎？」

媽媽笑了出來，「沒有耶。媽媽第一次看見爸爸是在大學三年級的時候，那時他是系學會的會長，在一次迎新露營活動時認識他。你爸爸什麼不會，升營火最會了。」

「難怪中秋節烤肉時，他好快就把火升起來。」

媽媽笑得更大聲了。「你爸爸每次露營的時候，就只管把火升起來，其他什麼事都不管了。帶團康、跳舞都交給其他幹部去做。」

「爸爸是哪一點吸引你啊？你怎麼會喜歡上他？」

這個問題，月香以前也問過媽媽，不過媽媽都只是回答因為爸爸長得帥啊，但是她覺得應該不只這些。

月香媽媽想起二十二歲那年的夏夜，月香的爸爸忠聖帶她去苗栗賞螢火蟲。兩人走進森林，忠聖關掉手電筒，怕暗的她緊靠在他身邊。當一隻隻小小的螢火蟲迎面飛來，亮光一閃閃的，滿天飛舞的螢火蟲如星光閃耀，她不禁興奮地尖叫。有幾隻螢火蟲飛近她，黃色的營火蟲亮光照映她的臉龐，忠聖看入了神，情不自禁吻了她，這是他們兩人第一次接吻。之後，忠聖伸出手掌，輕輕地把一隻螢火蟲圍起來，對她說：「螢火蟲為了和牠的另一半相遇，會努力發出亮光，希望自己身上的亮光可以讓對方看到。」

當時忠聖這句話融化了她的心，她就此認定他就是她要找的真命天子。

女兒若是沒問起，月香媽媽還真的快忘記她和月香爸爸曾經有過值得回憶的點點滴滴。這些美好記憶猶如天上的星星，彷彿有幾萬光年那麼久遠了。如今她和忠聖兩人的情感就像白矮星一樣，微弱的光度是來自過去儲存的熱能。光度會越來越弱，直到有天美好回憶也喚不回他們的感情。

「媽媽，爸爸有沒有對你做過很浪漫的事？」

林洛的問題把媽媽從回憶裡拉回來。「有啊，十二年前的七夕情人節，你爸爸送了媽媽一大瓶倒地鈴的心形種子。」

「哇，爸爸這麼浪漫喔。」

「送一瓶猴子臉叫浪漫？」

「林月香！你真的很掃興耶！你以後一定交不到男朋友。」

「你才是！太浪漫了，你以後一定會被男朋友騙。」

兩姊妹又吵起來了。媽媽只是笑了笑，由著她們倆去吵。她仰望高掛夜空的北斗七星，沿著杓口兩顆星的連線，延長五倍距離，找到了北極星。她感覺自己迷航在茫茫大海中，不知該將這艘船駛向何方。希望北極星為她指引未來的方向——她該選擇結束這段婚姻？還是選擇與忠聖攜手繼續前行？

10 時光抽屜

晚餐過後，阿婆、月香媽媽，還有舅媽三人在庭埕乘涼聊天，舅媽特地煮了一鍋綠豆地瓜湯，「地瓜是伙房後邊自己種的，黃心地瓜，甜又綿密。」阿婆喝了一口，連聲說好喝好退火，直接從皮膚涼到肚子去。

「喂～，裡面的三個小朋友，出來喝綠豆湯！」舅媽對著屋內喊，但是她們都只應聲，沒人真的出來喝。

「我在跟同學講電話！」滿芬表姊大聲地回說。

月香從大廳跑出來，站在門邊說：「我跟姊姊在玩扮家家酒，姊姊好噁心又在演公主。舅媽，你先幫我盛起來放，我要大碗的，姊姊給她超級迷你碗的。」

月香一口氣說完，轉身跑回阿婆房間。

舅媽大笑說：「月香住這裡真好，我常常笑得下巴都要掉下來。」

阿婆也點點頭同意，「我也是，我走到哪，她就跟到哪。」阿婆邊說邊笑，「伯公壇那些阿婆都笑我出門帶保鑣。」

倒是月香媽媽安靜得出奇，一口接一口悶悶地喝著綠豆湯，等整碗湯喝完，她才開口問舅媽：「大嫂，如果我們真的搬回來住，我是說長住，你會反對嗎？」

舅媽乍聽嚇到，直覺回說：「媽媽作主，她說好我就好，我當然不會反對啊。」說完，她想了想，似乎猜出端倪，接著又問：「你是跟忠聖怎麼了？」

「說到他我就氣。」月香媽媽語氣帶著感傷，阿婆卻故作輕鬆，笑她：「會氣就還有救。」

「媽！」月香媽媽忍不住大聲，阿婆拿起手扇打了她的肩膀，「我那天下午煮菜才教你，學不會。」

「教我什麼？教我煮菜喔？」

「教你做好人家的太太啦！」阿婆說，「我煮的菜，雖然是你愛吃的，但我是教你看事不要看表面。苦瓜沒煮透，你說它是苦的？人在一起，哪有一件兩件事情不順你的心，你就給他打不及格。」

舅媽也幫腔：「是啦，真正要說，忠聖是比較不體貼，但其他的也還好啊。」

「你們不懂啦，你們都說他為了家在努力，可是在我看來，他根本努力錯方向。」月香媽媽想了想，又說：「我跟他中間隔了一道台灣海峽，他在海的那一邊，我在海的這一邊，他在那邊一直跑，一直跑，越跑越遠，問題是我人根本在這裡，沒動啊。」月香媽媽一股腦把心裡的感覺全發洩出來，末了，加問一句：「你們聽懂嗎？」

阿婆跟舅媽你看我、我看你，似懂非懂。舅媽回她：「有啦，邊聽邊想，有聽懂一點。」

阿婆則一臉莫名地看著月香媽媽，說：「你說他跑錯方向，那你不會站在岸邊跟他招手，跟他喊，這邊！我在這邊！跑這邊！」阿婆還拿起扇子比畫。

「哎喲，我就知道你們都聽不懂。」

月香媽媽覺得自己根本是在雞同鴨講。

＊＊＊

月香和姊姊在阿婆房間玩扮家家酒，林洛發現阿婆房間裡那個古董大衣櫃最底層的大抽屜裡面有好多寶物。「林月香，你來看！裡面都是媽媽從前用過的東西耶。」

「哇，什麼都有……，有衣服、書。你看，還有泳裝！」月香故意拿起泳裝在姊姊身上比了比，「哇，比基尼的，媽媽穿得好露喔。」

「哈哈，媽媽都不像媽媽了。」

兩人想像媽媽從前穿泳裝的模樣，不自覺笑了出來。之後月香和姊姊兩人合力把大抽屜搬出來，擺在地上，挖寶似的看裡面還有什麼東西。

「媽為什麼不把這些搬回台北？」月香問。

「一定是不重要才不搬的嘛。」

林洛翻出一件粉紅色素面的短A字裙洋裝，裙子領口圍了一圈白紗蕾絲花，剛好是她喜歡的樣式。她開心地穿上，問妹妹：「你看我這樣子好不好看？」

林洛只比月香大一歲，現在穿當然太大，月香說難看，「你這樣子好像在演歌仔戲。」

「沒關係，我要叫媽媽送我，我念國中的時候可以穿。」

月香則找出一個金色亮片繡成的小淑女肩背包，包包極小，大約是一個長皮夾的長度。月香把包包背在身上，覺得斜背長度正好。

「那我要叫媽媽這個送我。」

「送我！配我的洋裝剛剛好。」林洛伸手想把月香的包包搶過來，但月香不肯，「為什麼？是我先發現的！」

「你看，包包拉鍊這裡有粉紅色的緞帶，配我的洋裝剛剛好。給我～」

兩人拉著包包，誰都不肯放手，「媽媽又還沒說衣服要給你。」

「大家都說你長得像爸爸，男人婆背什麼包包啦，拿來！」

月香聽到爸爸兩個字，想起爸媽可能要離婚的祕密，想到暑假過後，他們家也許就要分成兩半，忍不住難過起來，於是鬆手把包包給姊姊，「給你就給你，你以後看到包包要想起我喔⋯⋯。」

「神經，包包又不是你的，我想你幹嘛。」

「姊⋯⋯。」月香好想把「爸媽要離婚的祕密」告訴姊姊，問姊姊該怎麼辦才好？可是她答應過阿婆不能說出去，嗯⋯⋯，怎麼辦呢？

「姊～。」

「怎樣？說啊？」

「……沒有啦。」月香怕姊姊看見她難過的表情，只好假裝去摺被姊姊翻亂的衣服。

「你有祕密對不對?!」林洛問。

「你怎麼知道?!」

「我們明明在找衣服，然後你在那裡摺衣服？怪怪的，一看也知道。」

姊姊果然是姊姊。月香心想：「對了，阿婆是說不能問媽媽，也沒有說不可以跟姊姊說，這樣我不算犯規。」

月香想通之後，她把她躲在衣櫥裡偷聽到媽媽跟阿婆的講話內容，一五一十地全告訴了姊姊。

「姊～，怎麼辦？爸媽要是離婚，我們家就要切成兩半了。」

「你亂說，我才不信！」

「是真的！那天玩藏人尋，我躲在衣櫃偷聽到的，阿婆也有聽到。」

「我去問媽媽。」說完，林洛起身往門口走。月香趕緊拉住姊姊，「不行啦，阿婆說，媽媽現在在煩惱，問她，她會更煩。」

林洛想想有道理，這才作罷。兩姊妹突然沒了玩扮家家酒的興致，她們爬上床鋪，一人一邊躺著，呆望著天花板，感覺腦袋一片空白，不知道現在該做什麼事情才對？說什麼話才好？月香很難過，哭了起來，但又怕在庭埕的大人聽見，她拉上棉被，小小聲地哭。「嗚嗚……。」

「你哭也沒用。」姊姊拍了下棉被：「我跟你講，以後爸爸就靠你了。」

「為什麼？」

「因為媽媽一定會要你跟爸爸。」

「為什麼？」

「媽媽不是都說，『林月香，你怎麼跟你爸一樣，壞習慣都不改！』」

「嗚……，」月香努力不讓自己哭得太大聲，但控制不了，越哭越大聲，「不要，我要跟媽媽。我不要跟爸爸去大陸，我不要轉學。」

林洛也很難過，但是她覺得有些重要事情一定要先跟妹妹交代。

「你要把爸爸顧好，不可以讓他交女朋友。」

「為什麼？」

「如果爸爸愛別人，他馬上就忘記我跟媽媽了。」

「那你也不可以讓媽媽交男朋友。」

「放心，有我在。」

「那我們以後還可以見面嗎？」

「大概有重要事的時候吧？」

「哪種重要事？」

「比如我國小畢業典禮的時候……。」說著說著，林洛也不禁悲從中來，她往月香身體靠，「棉被借我一下。」她也把棉被蒙住自己的臉，「你一直哭害我也好想哭。」

兩姊妹躲避似的蓋在棉被底下，黑黑暗暗，透不進一絲亮光，正是兩人此刻鬱鬱的心情。沉默半晌之後，月香的頭突然探出棉被，她決定要振作起來，「我要去找一個媽媽的紀念品，這樣以後想媽媽的時候就可以拿出來看。」

「好，我幫你。」

兩姊妹於是起身，再次蹲坐在大抽屜前面翻看媽媽年輕時用過的舊東西。

「這本書好不好？」

林洛找到一本有些泛黃的書。

「什麼哈拉的故事？」念三年級的月香念不出書名的第一個字。

「是『撒哈拉的故事』。」

書的封面是一張穿著波西米亞風衣服的女人的照片，寫了大大的兩個字「三毛」。

「可是這個女的又不是媽媽。」

月香覺得姊姊的提議不好，兩人繼續找。找著找著，林洛又有了新發現，她發現一件米白上衣裡面好像藏了什麼厚重的東西。打開一看，是一本天藍色的大相本，說是相本也是剪貼本，裡面除了相片，也貼了書籤、卡片，還有一些寫了小詩之類的字。

月香和林洛就地坐在衣櫥前面地板一起看相片，相片有媽媽的獨照，有媽媽穿高中制服跟同學的合照，但是大多是媽媽跟爸爸談戀愛時的旅遊照。

「姊，媽媽以前頭髮是短的耶。」

「也沒很短，只是現在是長的。」

「這是爸爸誒。」

照片裡——月香爸爸跟月香媽媽合撐一把傘，站在櫻花樹前，月香媽媽的頭靠在爸爸肩上，甜笑的表情跟後面的櫻花樹一樣美。

「他們去阿里山玩。」林洛說。

「你怎麼知道？」

林洛指著相本頁面右下角，那裡寫著：阿里山賞櫻．相愛一百天。翻下一頁，好幾張月香媽媽綁著馬尾，穿著T恤、牛仔褲，在向日葵花田中間拍的各種姿勢的照片，有獨照，也有跟月香爸爸一起，這頁寫著：台東向日葵。最特別的一張是月香爸爸背著月香媽媽，月香媽媽的笑容比向日葵還燦爛。

月香媽媽笑得開心，可是月香卻感到莫名的生氣，她嘟起嘴說：「他們都沒有帶我們去！」

「拜託！那時候我們又還沒出生。」

「我是說我們生出來之後，他們也沒有帶我們去。」

月香說的是實話，爸爸長年在大陸工作，一個月或兩個月才回台灣一次，回家也不超過四天。媽媽總是抱怨爸爸，說扣掉坐飛機的時間，全家連去宜蘭泡溫泉都不可能。然後，爸爸總是這樣回媽媽，「我是去努力賺錢讓你們在台灣過好的生活，我又不是故意的。」

月香覺得媽媽說的對，她每次聽到同學說他們去這裡那裡好玩的地方，她都好羨慕，也好想去；可是爸爸說的也沒錯，賺錢真的辛苦。月香想得出神，她沒察覺姊姊正瞪著她，「生氣什麼？我比你大，比你早生出來，我也沒去過啊。」

林洛再翻相本，兩姊妹同聲念出寫在相片底下的字：彰化．木棉花道。照片裡——月香爸爸的手搭著月香媽媽的肩，兩人依偎著站在開滿木棉花的樹道下。不只樹上開滿木棉花，路面上也滿滿是墜落的木棉花。照片裡的月香爸媽彷彿身處在紅豔色的隧道裡，也或許那時兩人的愛情跟木棉花一樣火紅濃烈。

「木棉花一朵一朵的好漂亮喔。」月香不自覺地也學起媽媽的動作，把頭靠在姊姊肩上。林洛也是一臉陶醉，「對啊，跟媽媽這件黃色衣服好配。」

「看花！幹嘛看衣服?!」

「我也有看花啊。」林洛繼續翻到下一頁，她忽然眼睛一亮，「繡球花！紫色的，好漂亮喔～，我找到最喜歡的花。」

「你眼睛看哪裡啊？是看爸爸跟媽媽！」

「凶什麼！是你叫我看花的。」

林洛再看仔細，相片底下寫著：陽明山．繡球花。照片裡——月香爸爸捧著一把繡球花跪在月香媽媽面前，狀似求婚。月香覺得姊姊根本沒用心在看相片，她說：「爸爸都跟媽媽求婚了！你看！」

「誰不知道啊，我還知道他們後來結婚了，然後現在快要離婚了。」

被姊姊這麼一說，月香像洩了氣的球，看相片的好心情全都跑光，她有氣無力地問姊姊：「爸爸明明愛媽媽，為什麼要離婚？」

林洛也有同感：「大概愛一愛就變不愛了。」

「是誰先不愛誰的？」

「我猜是媽媽，因為是媽媽說要離婚的。」

「哎……。」兩人同時嘆了口氣，「啪！」的一聲，林洛把相本闔上。月香覺得莫名，問她：「不看了嗎？」

林洛搖搖頭，「看再多也沒用，反正只是美麗的回憶，看以後比較重要。」

月香不是聽得很懂，看左看右，看不出所以，再問：「看哪裡是以後？」

林洛一臉被打敗的表情，斜眼看著月香，「難怪媽媽都說你跟爸爸一樣，頭腦簡單四肢發達。」

「哼，我們都要分兩邊住了，你還趁機會罵我。」

「好嘛。」

林洛於是換了個認真的表情問妹妹，「林月香，你希望爸爸跟媽媽和好嗎？」

「當然希望。」

「那我們現在要想的不是他們為什麼要分開？而是要想，他們怎麼樣才會和好？」

大人吵架怎麼樣才會和好呢？月香聽了姊姊的話，開始努力想，「姊，你想到辦法了沒有？我想不到。」

「還沒，你認真想就會想到。」兩人繼續想，「姊，要不要我們買花送給媽媽，然後說是爸爸送的。」

「爸爸在大陸怎麼可能送花?而且媽媽也不會相信。」

「喔。」

過一會兒，林洛突然大聲說，「我有辦法了！」

「什麼辦法?!」月香也跟著興奮起來。

林洛怕在外面庭埕的大人聽見，她手比了比要月香靠近，小聲地說：「我們把這些相片放在媽媽看得到的地方，媽媽一定就會想起來了！」

「想起來什麼？」

月香還是有些不明白。

「想起她跟爸爸一起去過很多地方，一起看過很多花啊。」

「對喔，爸爸還用繡球花跟她求婚。」

「花不是重點。」

「那重點是什麼？」

「讓媽媽不要忘記她愛過爸爸。」

「而且爸爸也愛媽媽。」

「答對了！」

月香幾乎就要喊出姊姊萬歲，她崇拜眼神看著姊姊，「姊，你好聰明喔！」

「我知道啊，你不要太崇拜我喔。」

討論完計畫，月香跟林洛快速地把翻亂的衣服、書等其他東西放回大抽屜，然後把抽屜搬回衣櫥。

「林月香你快一點，媽媽她們快要進來了。」

兩人把大相本擺放在阿婆的大通鋪，並且打開到月香爸爸手捧繡球花求婚的那頁相片。

隨後，月香從阿婆房間跑出來，喊著：「舅媽～，我跟姊姊要喝綠豆湯了！」

11 和好

隔天吃午餐時，簡直在玩大風吹，一張大圓桌，大家都換位置坐。一向黏著阿婆坐的月香竟然坐到舅舅旁邊，而且跟姊姊相鄰而坐，她們兩人刻意坐在媽媽對面。舅舅覺得納悶，問道：「你們兩個今天很奇怪喔，怎麼會坐在一起？」

舅媽開玩笑說：「等一下不要吃到一半吵架喔。」

林洛信誓旦旦保證，「放心，我們絕對不會影響大家的食慾。」

滿芬表姊半信半疑半調侃說：「『絕對』我不太相信，『盡量』不吵架我就比較相信。」

一桌大人聽了都點頭說沒錯。「不會。」月香說，「我們沒時間吵架，因為我們今天有任務……。」話還沒說完，林洛趕緊摀住妹妹的大嘴巴，笑著解釋，「沒有啦，不吵架就是我們的任務，我跟妹妹說好，如果一整天都不吵架就是破紀錄。」

事情當然不是像林洛說的那樣。

話說昨天晚上，兩姊妹把舊相本擺在阿婆大通鋪上，她們好想知道媽媽看了相片之後的反應，開心還是生氣？懷念還是難過？可是偏偏睡覺時間到了，兩姊妹沒多久就被媽媽趕上床睡覺。所以林洛跟月香交代今天午餐的任務，「等一下吃飯的時候，你不要顧吃，你要看媽媽，知道嗎？」

「看什麼？」

「察言觀色，你懂不懂？」

「你真得很討厭耶，幹嘛一直說成語。」

「沒辦法，我們暑假作業好多成語造句，我需要練習。」

林洛下巴一抬，又是一臉資優生的表情看著月香，月香不甘示弱，回她：「那我也要造一個，我的姊姊囉哩巴嗦，嘮嘮叨叨。」

「林月香，你到底要不要配合？」

「好嘛，那你要跟我說觀察哪裡？」

林洛跟妹妹說明她的計畫，「第一，我們要先知道媽媽看了相片心情變好？還是變不好？」

「好。」

「你怎知道好?!」林洛忍不住大聲起來。

「不是，我是說～好，我知道了。」

「那你聽懂了喔？」

「懂了。」

看媽媽臉色哪有什麼難的？月香對自己有自信，她不但會看媽媽的臉色，她還知道媽媽的習慣。像是——從媽媽吃飯的多跟少就知道她心情好或不好？通常媽媽每餐只吃半碗飯，因為每到吃飯時間，媽媽就會說：「啊！我需要減肥。」如果她吃了比半碗飯還多，那她心情不是很好就是很差，一直吃飯不講話就是在生氣；一直吃飯一直講話就是心情很好。

那今天看起來是——

「今天的醬瓜煮魚很配飯，大家要多吃一點。」負責掌廚的舅媽把一尾煮得香噴噴的魚端上桌。

月香跟林洛不約而同看向媽媽，只見媽媽澆了一匙紅燒魚湯在她的飯上，拌一拌，吃了一口，「啊不行，我在減肥。」說完，媽媽夾了塊魚放進嘴巴。月香跟姊姊互瞄了一眼，感覺媽媽的心情似乎不錯。

月香靠到姊姊耳邊小聲問：「你猜媽媽會不會再盛飯？」

「噓～。」林洛比了個安靜的手勢。

一家人吃著吃著，舅舅突然開口問月香媽媽：「聽說你跟你老公吵架？」

「我沒有跟他吵，我只是警告他快點回來解決問題，再不回來我就跟他一刀兩斷。」

兩姊妹聽見說的是自己的爸爸，馬上豎起耳朵，注意著媽媽的表情。

「小孩子在這裡，講話也注意一下。」

阿婆顯然生氣了。月香媽媽這才意識到自己失言，她看向月香跟林洛，努力擠出一個有點僵硬的笑容，「這是大人的事情，你們小孩子不用擔心，知道嗎？」媽媽說完，繼續一口一口吃著飯，不再說一句話。

林洛對妹妹使個了眼色打暗號，意思是告訴月香：「不太妙～！」

打暗號月香不會，可是想辦法讓媽媽開心她就很擅長。「媽～，你看我！」月香捧著一碗苦瓜湯對著媽媽，「我有聽爸爸的話，我要開始練習喝苦瓜湯。」

月香把手裡的苦瓜湯想像成游泳池，老師說下水要勇敢，對月香來說，喝苦瓜湯比游泳更可怕，但為了讓媽媽不再對爸爸生氣，月香決定勇敢地把整碗苦瓜湯喝下去，再苦都不怕。

「喝慢一點，等一下嗆到。」阿婆看月香一鼓作氣，半口不停地喝湯，忍不住出聲。

月香想像媽媽會誇讚她是個勇於改變的孩子，說不定媽媽還會說她自己也要改變，不跟爸爸離婚了。誰知道，媽媽不但沒誇獎月香，還惱怒地責怪她，「林月香，你就只會聽你爸爸的話，我叫你吃青椒你有吃過一口嗎？」

林洛瞪向月香，覺得她根本越幫越忙。月香卻覺得自己很無辜，啊，吃青椒，這個比吃苦瓜還需要勇氣……。

傍晚，月香和林洛兩姊妹破天荒一起在浴室洗澡，連媽媽都覺得不可思議，因為她們兩人從小到大除了去游泳池才有可能泡在同一個池子裡。沒辦法，她們兩姊妹必須在一個隱密處討論事情，才不會被媽媽聽到。

月香和姊姊泡在浴缸裡，現在連洗花瓣浴都沒法讓她開心，連她最喜歡的〈海草舞〉都好幾天沒開口唱了。

「爸媽離婚，我一定跟媽媽，然後我就會住在屏東，然後我就需要轉學，然後我就再也不能上鋼琴課了。」林洛說著說著，忍不住哭出來了。

月香安慰她，「姊，你先不要難過，我們再來想想看，一定會有辦法讓媽媽回心轉意的。」

「想很久了，已經想到快失眠了。」

關於愛，大人的愛，月香覺得自己還小，她其實不怎麼懂。不懂為什麼媽媽生氣爸爸一直在大陸工作不回來，鬧著要跟他離婚。媽媽不能原諒爸爸嗎？月香自己也常常很生氣姊姊，可是她後來也都有原諒姊姊，也沒有生氣到不和姊姊共用一個房間啊！況且，媽媽每次都搬出那套「姊姊跟妹妹是彼此的禮物，你們要相親相愛一輩子。」的理論。

如果愛是忍耐，為什麼媽媽自己不忍耐呢？為什麼她不跟爸爸相親相愛一輩子呢？

「林月香。」

「林月香！」月香想得太專心，直到林洛喊她第二次才聽見，「什麼事？」

「你想到辦法了嗎？」

「我在想……，如果你是媽媽，你會最喜歡爸爸做什麼事？」

她同學張家琪曾說他爸每次跟朋友去麵攤喝酒晚歸，都會包一碗麵回家給她媽當宵夜，然後她媽就邊罵邊笑著說，算你有良心。黃佳倩也說過她爸之前想換台新摩托車，怕她媽不肯，她爸就連續一個禮拜騎舊摩托車載她媽媽去買菜，後來她媽就答應了。

月香覺得在爸爸從大陸回來之前，她們應該幫爸爸做一些浪漫的事，這樣媽媽在跟爸爸「談判」的時候，才會有好心情。

「媽媽最喜歡花。以前她跟爸爸談戀愛的時候，去那麼多地方賞花，現在應該最想爸爸再帶她去一次吧？」

「爸爸是用繡球花跟媽媽求婚的，也許帶她去看繡球花，她心情會好些。」

「或是爸爸可以用繡球花再跟媽媽求婚一次！」林洛興奮地說，「哪裡有繡球花？」

「我也不知道。我來麟洛這麼久，都沒有看過繡球花。」月香覺得解決困難怎麼好像在算數學，算完一題又有一題。「我們可以去花店買啊，我可以把小豬的錢捐出來。」

「這樣不好，媽媽不是普通的那種氣，用買的花不夠有誠意。」

林洛還算滿瞭解媽媽的，「而且媽媽是那種送她禮物不如送她卡片的人。」

「那怎麼辦？」

「再想想看……。」

兩姊妹各自泡在浴缸的兩頭相對望，大眼瞪小眼。

「喂～！你們兩個洗好了沒？都一小時了還沒洗好？」滿芬表姊在外面催促，她實在不懂洗個澡有必要花一小時嗎？

「對了！送媽媽一瓶倒地鈴的心形種子，她一定會很開心的。」林洛說。

「好喔，我們先蒐集起來，等爸爸從大陸回來，就讓爸爸送給媽媽。」

「就這麼辦！不過要找幫手幫我們才行，不然我們又不知道哪裡有很多倒地鈴，要蒐集到什麼時候？」

月香立刻想到嘉明一定可以幫她解決難題，就像每一次玩藏人尋玩到迷路，不管月香在哪裡不見，嘉明最後一定會找到她。

隔天下午，趁媽媽帶阿婆去醫院看診，月香把她在麟洛最好的朋友——張嘉明、小胖、阿輝跟小東四個集合在鄭成功廟廣場。

「不是找你們出來玩的，是想要請你們幫忙蒐集種子。」

「什麼種子？」嘉明問。

林洛拿出一個倒地鈴的果子給他們看，「倒地鈴的種子，你們知道除了小份巷那裡有，附近還有哪裡有很多倒地鈴？」

「這個我知道，裡面是心形的種子。」

嘉明想起去年他剛升上三年級不久，同學阿國捉弄他，害他被全班同學笑，嘉明很生氣跟阿國絕交。後來阿國送了他裝滿鉛筆盒的倒地鈴果實，希望嘉明原諒他。嘉明覺得阿國莫名其妙，送他這個幹嘛?!正巧那天月香的阿婆來找他媽媽，阿婆告訴嘉明，「你看，倒地鈴的果實打開來，裡面有三顆種子；你再看，種子像什麼？」嘉明看了看，「好像一顆心。」

「對嘛，這是好朋友在對你說對不起啦、對不起啦的心。」

「後來呢？」月香問嘉明。

「後來我就原諒阿國。因為阿婆說，說『對不起』三個字很簡單，可是要把一個一個對不起找出來，送到別人的面前就很不簡單。」嘉明說，「我知道有個地方很多！」

就這樣，由嘉明帶隊去找倒地鈴。嘉明走在最前面，後面跟著小胖，之後是月香和林洛，阿輝和小東兩人壓後。他們六人相連成一條線，走在兩畝稻田中間的田埂路上。雖然已近八月底，仍是盛夏，也正是水稻結實纍纍的季節，遠望而去，月香六人彷彿身處在一片金黃色的稻海之中。

「林月香你要跟好，不要掉到田裡去喔。」

「姊，你也要小心，不要掉到田裡面去。」嘉明叮嚀月香小心，月香當然也沒忘記姊姊，她知道姊姊走不習慣田埂路。

「有，我有在小心。」

小胖聽到兩姊妹的對話，回過頭看著她們，忍不住問：「你們兩個今天怎麼講話變成講同一種的？聽得很奇怪耶。」

像是祕密被發現，林洛臉紅了起來，「你很討厭耶，我爸我媽在吵架，我們當然要和好啊。」

「對嘛。」月香邊說邊瞪了眼小胖。

「他們吵什麼架？」

「不關你的事啦！」

六人穿過水稻田，之後沿著一排檳榔樹走，嘉明解釋，「等走過這條路，再從土堆那邊爬上去，再一下就到了。」

「啊，還那麼遠，我腳好痠。」林洛說她走不動了。

「姊，忍耐一下，快到了。」

「對啊，快到了。那邊有很多倒地鈴，我們馬上就可以找到很多。」

「好吧。」

走了近半小時，六人終於走到目的地，來到了一片果園，果園周圍圍了一大圈鐵絲網，鐵絲網上面全攀附著倒地鈴。

「哇，好多喔！」林洛興奮尖叫。

「要找深褐色的果實才行喔，那我們開始吧！」

嘉明一聲令下，大家像一隻隻工蜂分散開來，各自去採集倒地鈴的種子，再度發揮眾志成城的精神！

＊＊＊

「月妹～，林洛！」滿芬表姊站在庭埕邊朝外大喊，「你們快點回來！你爸已經來了！」兩姊妹都沒人應聲，不見蹤影，滿芬表姊自言自語：「奇怪，一整個下午是跑去哪裡？又玩到迷路喔？」

這時砰的一聲關門聲響起，是從大廳傳來的，滿芬表姊一回頭，只見月香媽媽怒氣沖沖地朝她走來，「姑姑好。」

月香媽媽沒回應滿芬表姊，逕自往伙房大門走，後面跟著月香爸爸。

「姑丈好。」

「你好。滿芬對不起，你姑姑在生氣，她態度不好，你不要怪她。」月香爸爸急急道了個歉，又急急地快步追向月香媽媽，快得連滿芬想問姑姑為什麼要往河堤走的機會都沒有。

月香媽媽從伙房大門走出來，她故意選了左邊人較少的巷弄走，走得飛快，有時候還故意小跑步，就是不讓後面的老公跟上她。

「你走慢一點，小心摩托車。」月香爸爸大步追了上去。

「走開啦，你不要跟著我！」

月香媽媽越走越快，還故意走到對邊的路，「你不是不喜歡跟我同一邊，我住台灣，你就住到大陸去，既然這樣你回去啊，不要跟著我。」

「我沒有不喜歡跟你同一邊，我是因為老闆一直留我，我不好意思拒絕。」月香爸爸追著月香媽媽也走到路的另一邊，月香媽媽見狀又閃回原來的那一邊，月香爸爸又跟了過去。

「你怕對老闆不好意思，就不怕傷我的心？」

「我也很想調回來啊，可是老闆就說他找不到人願意過去嘛。」

月香媽媽突然停下，她轉過頭怒瞪月香爸爸，「這個理由你從前年說到去年，從去年說到今年，我已經不想聽了，我也不想管了！我要跟你離婚。」月香媽媽說完，轉身就往前跑，月香爸爸愣了一下，他突然大聲對著月香媽媽的背影說，「我不去大陸了！」

月香媽媽停下腳步，轉身，「你說什麼？」

「我說我不用再去大陸工作了，公司同意我調回台灣了。」

＊＊＊

日落時分，月香和林洛一臉疲憊從外面走進伙房庭埕，兩姊妹看見爸媽有說有笑，甜甜蜜蜜地一起坐在屋簷下的石階，兩人依偎著翻看那本舊相本——林洛手中裝滿倒地鈴種子的瓶子差點沒掉下來——月香瞪大眼睛呆望爸媽，下巴差點掉下來。

爸媽是在演哪齣戲啊？

「林月香，你在幹什麼?!」

林洛大叫，因為月香在阿婆房間拿著一支黑色原子筆，在一顆顆倒地鈴種子白色的地方，畫上兩個黑點。

「畫猴子啊，本來就是猴子臉，我幫它們加上眼睛。」月香邊畫邊說，「姊，我有一種被當猴子耍的感覺……。」

「你白癡啊！爸媽和好我們要高興才對。你快給我住手！住手！」

月香沒停手，她繼續在每顆種子上面點上兩點，硬是要把心形變成猴子臉。林洛試著要搶走月香的黑色原子筆，月香不給，兩姊妹又吵了起來。

也由於媽媽這次鬧情緒，吵著要跟爸爸離婚，這對姊妹破紀錄——二天沒吵架。

12 暑假結束

「這個送你！」

晚上六點多，嘉明和月香兩人並肩坐在伙房後面屋簷下的石階，在燈光美、氣氛佳的後花園。嘉明送給月香一個餅乾鐵盒。月香打開餅乾鐵盒，裡面滿滿各樣的鮮花。

「哇～，好多喔，你還有繼續幫我摘喔？」

月香看著鐵盒裡面滿滿的各樣的鮮花。「去我們學校摘的。我摘了很多不同的花喔。本來要用乖乖桶裝的，怕你不好帶。」

月香拿起一朵玉蘭花聞了聞。「好香喔。」

「你明年暑假還會來嗎？」

月香搖搖頭，「不知道耶，我媽說要看我乖不乖。乖的話就留在台北，如果不乖，跟姊姊吵架，就送我到阿婆家。不過你放心，我肯定會跟姊姊吵架的。」

嘉明害羞地看著月香，有個問題想問又不敢，支支吾吾的，「你……，你回台北之後，會不會……，會不會忘記小胖、小東，還有阿輝？」

其實他是想問，會不會忘記我？

「當然不會。我只要聞到這些花香，就會想到你，還有阿婆，還有小胖、小東、阿輝……，還有，伯公！」

「真的？那你明天走之前，我再摘多一點給你。」

「不用了，這些就很多了，太多，鐵盒也裝不下。」

「嘉明啊，你還不回來吃飯！」嘉明媽在圍牆大門外大喊，「月香明天才走，現在就在那裡十八相送。」

「那我回去了，明天再來送你！」

嘉明快步跑離，月香低頭看著鐵盒內的鮮花，露出甜蜜的笑。

隔天清晨五點，傳來鄭成功廟的鐘鼓之聲，「噹、咚、咚」的韻律規律地持續著。一早，月香一家人跟著阿婆一起去拜伯公。月香告訴爸爸說，「阿婆每天一早帶我拜伯公，我都是記每一家、每個巷口種什麼花來記路。」

「花也能當地圖？」

「嗯，這裡轉過去有一棵新丁花，然後走到巷子口有一棵玉蘭花，再來，會經過茉莉花叢，右轉，有一排七里香的籬笆，之後會有一棵桂花和一棵含笑，就到小份巷伯公了。」

月香爸媽相視而笑，點點頭。

原本月香預期這個暑假可以得九十八分，扣掉的兩分是爸爸一個月回台灣一次的約定沒有兌現，然後可以過一個遠離媽媽囉唆跟姊姊找麻煩的暑假。如今，暑假結束了，她給今年的麟洛暑假打一百分！因為最後三天爸爸回台灣陪她，而且會一直陪著她們，光是這點就可以打一千分了。還有認識了嘉明、小胖、小東、阿輝這四個好伙伴。

最重要的是，她發現——如果少了一個囉唆的媽媽，和一個討人厭、愛找麻煩的姊姊，她的暑假日記也許真的會很無聊。

立在鄭成功廟前面的天燈柱的燈，燈熄。早起的阿公、阿婆、信徒三三兩兩走進伯公壇拜拜，「早啊！」「早啊！」互相道早問安的聲音此起彼落。

麟洛的一天，就在一聲聲的問候聲中開始了。

暑假作業
日記簿
姓名 林月香
班級 三年勤班
座號 23
Cookie

九歌少兒書房 278

月光下的藏人尋

國家圖書館出版品預行編目 (CIP) 資料

月光下的藏人尋 / 陳怡如著 ; 吳嘉鴻圖 . -- 初版 . --
台北市 : 九歌 , 2020.11
面； 公分 . -- (九歌少兒書房 ; 278)
ISBN 978-986-450-316-2(平裝)
863.596　　109015226

作　　者——陳怡如
繪　　者——吳嘉鴻
責任編輯——鍾欣純
創 辦 人——蔡文甫
發 行 人——蔡澤玉
出　　版——九歌出版社有限公司
台北市 105 八德路 3 段 12 巷 57 弄 40 號
電話／02-25776564・傳真／02-25789205
郵政劃撥／0112295-1

九歌文學網　www.chiuko.com.tw

印　　刷——晨捷印製股份有限公司
法律顧問——龍躍天律師 ・ 蕭雄淋律師 ・ 董安丹律師
初　　版——2020 年 11 月
定　　價——260 元
書　　號——0170273
I S B N——978-986-450-316-2

（缺頁、破損或裝訂錯誤，請寄回本公司更換）
版權所有 ・ 翻印必究　Printed in Taiwan